BIOGRAFIAS — MEMÓRIAS — DIÁRIOS — CONFISSÕES
ROMANCE — CONTO — NOVELA — FOLCLORE
POESIA — HISTÓRIA

1. MINHA FORMAÇÃO — Joaquim Nabuco
2. WERTHER (Romance) — Goethe
3. O INGÊNUO — Voltaire
4. A PRINCESA DE BABILÔNIA — Voltaire
5. PAIS E FILHOS — Ivan Turgueniev
6. A VOZ DOS SINOS — Charles Dickens
7. ZADIG OU O DESTINO (História Oriental) — Voltaire
8. CÂNDIDO OU O OTIMISMO — Voltaire
9. OS FRUTOS DA TERRA — Knut Hamsun
10. FOME — Knut Hamsun
11. PAN — Knut Hamsun
12. UM VAGABUNDO TOCA EM SURDINA — Knut Hamsun
13. VITÓRIA — Knut Hamsun
14. A RAINHA DE SABÁ — Knut Hamsun
15. O BANQUETE — Mario de Andrade
16. CONTOS E NOVELAS — Voltaire
17. A MARAVILHOSA VIAGEM DE NILS HOLGERSSON — Selma Lagerlöf
18. SALAMBÔ — Gustave Flaubert
19. TAÍS — Anatole France
20. JUDAS O OBSCURO — Thomas Hardy
21. POESIAS — Fernando Pessoa
22. POESIAS — Álvaro de Campos
23. POESIAS COMPLETAS — Mário de Andrade
24. ODES — Ricardo Reis
25. MENSAGEM — Fernando Pessoa
26. POEMAS DRAMÁTICOS — Fernando Pessoa
27. POEMAS — Alberto Caeiro
28. NOVAS POESIAS INÉDITAS & QUADRAS AO GOSTO POPULAR
    Fernando Pessoa
29. ANTROPOLOGIA — Um Espelho para o Homem — Clyde Kluckhohn
30. A BEM-AMADA — Thomas Hardy
31. A MINA MISTERIOSA — Bernardo Guimarães
32. A INSURREIÇÃO — Bernardo Guimarães
33. O BANDIDO DO RIO DAS MORTES — Bernardo Guimarães
34. POESIA COMPLETA — Cesar Vallejo
35. SÔNGORO COSONGO E OUTROS POEMAS — Nicolás Guillén
36. A MORTE DO CAIXEIRO VIAJANTE EM PEQUIM — Arthur Miller
37. CONTOS — Máximo Górki
38. NA PIOR, EM PARIS E EM LONDRES — George Orwell
39. POESIAS INÉDITAS *(de 1919 a 1935)* — Fernando Pessoa
40. O BAILE DAS QUATRO ARTES — Mário de Andrade

POESIAS INÉDITAS
(de 1919 a 1935)

Vol. 39

Capa
Cláudio Martins

EDITORA ITATIAIA
BELO HORIZONTE
Rua São Geraldo, 53 — Floresta — Cep. 30150-070
Tel.: 3212-4600 — Fax: 3224-5151
e-mail: vilaricaeditora@uol.com.br
Home page: www.villarica.com.br

Fernando Pessoa

POESIAS INÉDITAS
(de 1919 a 1935)

EDITORA ITATIAIA
Belo Horizonte

2005

Direitos de Propriedade Literária adquiridos pela
EDITORA ITATIAIA
Belo Horizonte

Impresso no Brasil
Printed in Brazil

ÍNDICE

POESIAS INÉDITAS
(1919-1935)

Data das poesias

12-12-1919 Pousa um momento,	15
12-12-1919 Meu ser vive na Noite e no Desejo,	15
1-1-1920 A lembrada canção,	16
1920 Longe de mim em mim existo	17
1920 Pudesse eu como o luar	17
1920 Tudo quanto sonhei tenho perdido	18
13-1-1920 Outros terão	19
10-7-1920 Cansado até aos deuses que não são	20
10-7-1920 Os deuses são felizes	21
18-9-1920 Cai chuva. É noite. Uma pequena brisa	22
1-1-1921 Ah, sempre no curso leve do tempo pesado	23
1-1-1921 Cansa ser, sentir dói, pensar destrui	24
12-5-1921 Tornar-te-ás só quem tu sempre foste	25
1921 Qualquer caminho leva a toda a parte,	26
13-8-1921 Ó curva do horizonte, quem te passa,	27
21-8-1921 Vento que passas	28
1921 Quando era jovem, eu a mim dizia:	29
1921 Sepulto vive quem é a outrem dado	29
30-9-1921 A parte do indolente é a abstracta vida	30
18-5-1922 É uma brisa leve	30
18-5-1922 Não tragas flores, que eu sofro	31
27-5-1922 Os deuses, não os reis, são os tiranos	31
7- 9-1922 Ah, já está tudo lido,	32
8-11-1922 Ah, toca suavemente	33
9- 2-1923 Hoje, neste ócio incerto	33
24-9-1923 POEMAS DOS DOIS EXÍLIOS	34
24- 9-1923 Oiço passar o vento na noite.	37
24-9-1923 EU	38
21- 8-1924 Dormir! Não ter desejos nem esperanças	39

7

Data das poesias

1924 Mendigo do que não conhece	40
3- 9-1924 Ah quanta melancolia!	40
1924 Meus dias passam, minha fé também	40
1924 Flor que não dura	41
1924 Aqui neste profundo apartamento	41
1924 LIGEIA	42
1924 Nas entressombras de arvoredo	42
14- 8-1925 GLOSAS	43
20-8-1925 AMIEL	44
10-11-1925 Como às vezes num dia azul e manso	45
30- 1-1926 O CONTRA-SÍMBOLO	45
1926 Não haver deus é um deus também	46
26- 4-1926 Saudade eterna, que pouco duras!	46
26- 4-1926 Em torno a mim, em maré cheia,	46
28- 9-1926 Universal lamento	47
10- 4-1927 PRESSÁGIO	47
10- 4-1927 Sei que nunca terei o que procuro	47
7- 5-1927 Já não vivi em vão	48
7- 5-1927 Pelo plaino sem caminho	48
28- 8-1927 Não venhas sentar-te à minha frente, nem a meu lado;	49
19-10-1927 Durmo. Regresso ou espero?	50
1927 Velo, na noite em mim,	50
26-11-1927 Há luz no tojo e no brejo	50
5-12-1927 Brincava a criança	51
5- 2-1928 O que eu fui o que é?	52
21- 3-1928 A água da chuva desce a ladeira	52
25- 3-1928 Há música. Tenho sono	53
1928 Meu coração esteve sempre	53
22-4-1928 Hoje stou triste, stou triste	54
22- 4-1928 Passava eu na estrada pensando impreciso,	54
26- 4-1928 O sonho que se opôs a que eu vivesse	55
1928 O amor, quando se revela,	56
1928 ... vaga história comezinha	57
13- 7-1928 É inda quente o fim do dia	57
1- 9-1928 Em torno ao candeeiro desolado	57
1928 E, ó vento vago	58
1-10-1928 O meu coração quebrou-se	58
2-10-1928 No fim da chuva e do vento	58

Data das poesias
30-10-1928 O LOUCO	59
4-11-1928 Caminho a teu lado mudo	59
9-11-1928 Há uma música do povo,	60
22-11-1928 A esperança como um fósforo inda aceso,	61
1928 E a extensa e vária natureza é triste	61
28-12-1928 A pálida luz da manhã de Inverno,	62
20- 1-1929 Sim, tudo é certo logo que o não seja,	62
22- 1-1929 A tua voz fala amorosa	63
22- 1-1929 Qual é a tarde por achar	64
14- 2-1929 Vou com um passo como de ir parar	65
17- 3-1929 Parece que stou sossegando	65
29- 3-1929 Aqui está-se sossegado,	66
3- 4-1929 O céu de todos os Invernos	68
7- 4-1929 Mas o hóspede inconvidado	69
1929 Mas eu, alheio sempre, sempre entrando	69
18- 6-1929 Pela rua já serena	69
1929 Tenho pena até... nem sei...	70
26- 6-1929 O som do relógio	70
26- 6-1929 EPITÁFIO DESCONHECIDO	71
9-11-1929 GLOSA	71
1929 O abismo é o muro que tenho	72
1- 3-1930 Relógio, morre	72
28- 3-1930 Quem vende a verdade, e a que esquina?	73
18- 5-1930 Na noite que me desconhece	74
9- 6-1930 Mais triste do que o que acontece	74
14- 6-1930 Ó ervas frescas que cobris	75
14- 6-1930 Há quanto tempo não canto	76
24- 6-1930 Ó sorte de olhar mesquinho	77
26- 7-1930 Dói-me quem sou. E em meio da emoção	77
26- 7-1930 Depois que todos foram	78
3- 8-1930 Vai leve a sombra	79
3- 8-1930 Árvore verde,	80
4- 8-1930 Vou em mim como entre bosques,	81
4- 8-1930 Meus (versos são meu sonho dado,	82
12- 8-1930 Deixa-me ouvir o que não ouço...	83
1930 A tua carne calma	84
1930 Teu corpo real que dorme	84
1930 Ah, a esta alma que não arde	84
12- 8-1930 Fito-me frente a frente.	85

Data das poesias
17- 8-1930 Talvez que seja a brisa	85
18- 8-1930 Sei bem que não consigo	86
18- 8-1930 Se eu pudesse ter o ser que tenho	86
19- 8-1930 Não quero mais que um som de água	87
19- 8-1930 Deve chamar-se tristeza	88
19- 8-1930 Quem me roubou quem nunca fui e a vida?	88
20- 8-1930 Se sou alegre ou sou triste?	89
21- 8-1930 O grande sol na eira	89
21- 8-1930 Pois cai um grande e calmo efeito	90
21- 8-1930 Grande sol a entreter	90
21- 8-1930 Maravilha-te, memória!	91
24- 8-1930 O sol queima o que toca.	91
24- 8-1930 Gostara, realmente,	92
24- 8-1930 Melodia triste sem pranto,	92
24- 8-1930 Deus não tem unidade,	93
24- 8-1930 Entre o luar e o arvoredo,	93
24- 8-1930 Deixo ao cego e ao surdo	94
1930 Olha-me rindo uma criança	95
26- 8-1930 Quero ser livre insincero	96
26- 8-1930 O rio que passa dura	96
26- 8-1930 Meu ruído de alma cala,	97
26- 8-1930 E ou jazigo haja	97
26- 8-1930 Gnomos do luar que faz selvas	98
27- 8-1930 Minha mulher, a solidão,	99
31- 8-1930 Na margem verde da estrada	100
1930 Quando nas pausas solenes	101
31- 8-1930 A estrada, como uma senhora,	101
31- 8-1930 Tão vago é o vento que parece	102
31- 8-1930 De aqui a pouco acaba o dia	103
31- 8-1930 É boa! Se fossem malmequeres!	103
31- 8-1930 Enfia, a agulha,	104
31- 8-1930 Parece estar calor, mas nasce	104
31- 8-1930 Gradual, desde que o calor	105
30- 9-1930 Como um vento na floresta,	105
7-10-1930 Quanto fui peregrino	106
7-10-1930 Do meio da rua	107
13-10-1930 Por quem foi que me trocaram	108
13-10-1930 Leve no cimo das ervas	109
14-10-1930 Se tudo o que há é mentira	110

Data das poesias
21-10-1930 Há um grande som no arvoredo	110
15-11-1930 Cai chuva do céu cinzento	111
11-2-1931 Andavam de noite aos segredos	111
11-2-1931 Parece às vezes que desperto	112
21-2-1931 O ruído vário da rua	113
26-2-1931 Cheguei à janela,	113
1931 Eu amo tudo o que foi,	114
8-3-1931 Há um murmúrio na floresta,	114
8-3-1931 O vento tem variedade	115
8-3-1931 Já ouvi doze vezes dar a hora	115
8-3-1931 Paisagens, quero-as comigo	116
27-3-1931 O mau aroma alacre	117
28-3-1931 Vão breves passando	117
30-3-1931 Fito-me frente a frente	118
Em plena vida e violência	118
3-4-1931 Não sei ser triste a valer	119
5-4-1931 Tenho sono em pleno dia	120
5-4-1931 Sou um evadido	120
5-4-1931 As nuvens são sombrias	121
2-7-1931 Desfaze a mala feita pra a partida!	121
2-7-1931 Se estou só, quero não star,	122
2-7-1931 Bem, hoje que estou só e posso ver	123
27-7-1931 No céu da noite que começa	124
1931 INCIDENTE — Dói-me no coração	124
1931 Não fiz nada, bem sei, nem o farei,	125
7-9-1931 Vê-la faz pena de sperança.	125
23-10-1931 Uma maior solidão	126
23-10-1931 Chove. Que fiz eu da vida?	126
14-11-1931 Vem dos lados da montanha	127
14-11-1931 Desperto sempre antes que raie o dia	127
14-11-1931 Clareia cinzenta a noite de chuva,	128
14-11-1931 A Lua (dizem os Ingleses)	128
25-12-1931 As lentas nuvens fazem sono,	129
25-12-1931 Tão linda e finda a memoro!	129
23-2-1932 Há um frio e um vácuo no ar	130
1932 E toda a noite a chuva veio	131
1932 CEIFEIRA — Mas não, é abstracta, é uma ave	131
26-4-1932 Eu tenho ideias e razões,	132
26-4-1932 Não, não é nesse lago entre rochedos,	132

11

Data das poesias
26-4-1932 Tenho principalmente não ter nada	133
1932 Pálida sombra esvoaça	133
19-5-1932 O PESO DE HAVER O MUNDO — Passa	
no sopro da aragem	134
13-6-1932 Lembro-me ou não? Ou sonhei?	134
14-6-1932 Basta pensar em sentir	135
17-6-1932 Como nuvens pelo céu	135
28-7-1932 Porque sou tão triste ignoro	136
1932 O que o seu jeito revela	136
1932 Nos jardins municipais	136
1932 Porque ó Sagrado, sobre a minha vida	137
9-8-1932 Quando já nada nos resta	138
1932 Aquele peso em mim — meu coração	138
1932 O sol doirava-te a cabeça loura	138
10-8-1932 A aranha do meu destino	139
10- 8-1932 Ah, só eu sei	139
10- 8-1932 No meu sonho estiolaram	140
10- 8-1932 Lâmpada deserta,	140
14- 8-1932 Ah, como incerta, na noite em frente,	141
14- 8-1932 Vinha elegante, depressa,	142
14- 8-1932 Lá fora onde árvores são	142
24- 8-1932 Nada que sou me interessa	143
29- 8-1932 O ponteiro dos segundos	143
1932 Em outro mundo, onde a vontade é lei,	144
31- 8-1932 Minhas mesmas emoções	145
13- 9-1932 Depois que o som da terra, que é não tê-lo,	145
1932 Rala cai chuva. O ar não é escuro. A hora	146
Eh, como outrora era outra a que eu não tinha!	147
22- 9-1932 Oscila o incensório antigo	148
24- 9-1932 Ouço sem ver, e assim, entre o arvoredo,	149
23- 9-1932 Quase anónima sorris	149
1932 Porque esqueci quem fui quando criança?	149
1932 Ser consciente é talvez um esquecimento.	150
5-11-1932 Uma névoa de Outono o ar raro vela,	150
6-11-1932 Que suave é o ar! Como parece	151
1932 Do seu longínquo reino cor-de-rosa,	152
1932 Entre o sossego e o arvoredo,	152
16-11-1932 Não quero ir onde não há luz,	153
11-12-1932 Nesta vida, em que sou meu sono,	154

Data das poesias

1932 Vejo passar os barcos pelo mar,	154
15-12-1932 Vai pela estrada que na colina	155
16-12-1932 Vi passar, num mistério concedido,	156
25-12-1932 Ladram uns cães a distância,	156
9- 1-1933 Leves véus velam, nuvens vãs, a Lua.	157
9- 1-1933? Quero, terei	157
24-1-1933 É um campo verde e vasto,	158
1- 2-1933 Falhei. Os astros seguem seu caminho	159
10- 2-1933 Deixei de ser aquele que esperava,	159
15- 6-1933 Vai alta a nuvem que passa,	160
18- 7-1933 A novela inacabada,	160
25-10-1933 Nada. Passaram nuvens e eu fiquei...	161
28-10-1933 Eu me resigno. Há no alto da montanha	161
31-10-1933 A minha camisa rota	162
7-12-1933 Canta onde nada existe	162
11-12-1933 Durmo, cheio de nada, e amanhã	163
11-12-1933 Tenho esperança? Não tenho	163
8 a 12-12-1933 Náusea. Vontade de nada	164
27-12-1933 O vento sopra lá fora.	164
28-12-1933 Sopra o vento, sopra o vento.	165
1- 2-1934 Vai lá longe, na floresta,	166
4- 3-1934 Pálida, a Lua permanece	166
16- 3-1934 Dorme, criança, dorme,	167
6- 4-1934 Verdadeiramente	167
10- 4-1934 O que é vida e o que é morte	168
12- 4-1934 Sabes quem sou? Eu não sei.	168
12- 4-1934 Tenho escrito muitos versos,	169
12- 4-1934 Renego, lápis partido,	169
20- 4-1934 Se eu me sentir sono,	170
26- 4-1934 Flui, indeciso na bruma,	170
5- 5-1934 Nesta grande oscilação	171
2- 7-1934 Sonho sem fim nem fundo.	172
1934 Eram varões todos,	174
8- 7-1934 Não digas nada! Que hás-me de dizer?	175
14- 7-1934 Do fundo do fim do mundo	176
16- 7-1934 Tenho em mim como uma bruma	176
1934 CANTO A LEOPARDI — Ah, mas da voz exânime pranteia	177
21- 7-1934 Teu perfil, teu olhar real ou feito,	178

Data das poesias
1934 Como é por dentro outra pessoa	179
3- 8-1934 A lâmpada nova	179
3- 8-1934 Vaga saudade, tanto	180
5- 8-1934 Onde quer que o arado o seu traço consiga	180
22- 8-1934 O sol que doura as neves afastadas	181
22- 8-1934 Ah, quero as relvas e as crianças!	181
1934 Deixem-me o sono! Sei que é já manhã.	182
23- 8-1934 Deixei atrás os erros do que fui,	182
23- 8-1934 Não digas nada!	183
3- 9-1934 Ah, verdadeiramente a deusa!	184
1934 Teu inútil dever	184
12- 9-1934 Começa, no ar da antemanhã,	185
21- 9-1934 A montanha por achar	185
4-10-1934 A ciência, a ciência, a ciência...	186
4-10-1934 A criança que ri na rua,	186
4-10-1934 Sim, já sei...	187
6-10-1934 Era isso mesmo	188
1934 O som contínuo da chuva	188
11-10-1934 Na véspera de nada	189
22-11-1934 Sob olhos que não olham — os meus olhos —	189
22-11-1934 Não tenho que sonhar que possam dar-me	190
30-11-1934 Exígua lâmpada tranquila,	190
1934 Na paz da noite, cheia de tanto durar,	190
Criança, era outro...	191
Onde, em jardins exaustos	191
1934 SÁ CARNEIRO — Nunca supus que isto que chamam morte	192
1934 Música... Que sei eu de mim?	194
11-12-1934 A mão posta sobre a mesa,	194
11-3-1935 Tudo quanto penso,	195
18-3-1935 Um dia baço mas não frio...	195
5-4-1935 O amor é que é essencial.	196

Pousa um momento,
Um só momento em mim,
Não só o olhar, também o pensamento.
Que a vida tenha fim
Nesse momento!

No olhar a alma também
Olhando-me, e eu a ver
Tudo quanto de ti teu olhar tem.
A ver até esquecer
Que tu és tu também.

Só tua alma sem tu
Só o teu pensamento
E eu onde, alma sem eu. Tudo o que sou
Ficou com o momento
E o momento parou.

Meu ser vive na Noite e no Desejo.
Minha alma é uma lembrança que há em mim.

A lembrada canção,
Amor, renova agora.
Na noite, olhos fechados, tua voz
Dói-me no coração
Por tudo quanto chora.
Cantas ao pé de mim, e eu estou a sós.

Não, a voz não é tua
Que se ergue e acorda em mim
Murmúrios de saudade e de inconstância,
O luar não vem da lua
Mas do meu ser afim
Ao mito, à mágoa, à ausência e à distância.

Não, não é teu o canto
Que como um astro ao fundo
Da noite imensa do meu coração
Chama em vão, chama tanto...
Quem sou não sei... e o mundo?...
Renova, amor, a antiga e vã canção.

Cantas mais que por ti,
Tua voz é uma ponte
Por onde passa, inúmero, um segredo
Que nunca recebi —
Murmúrio do horizonte,
Água na noite, morte que vem cedo.

Assim, cantas sem que existas.
Ao fim do luar pressinto
Melhores sonhos que estes da ilusão.

Longe de mim em mim existo
À parte de quem sou,
A sombra e o movimento em que consisto.

Pudesse eu como o luar
Sem consciência encher
A noite e as almas e inundar
A vida de não pertencer!

Tudo quanto sonhei tenho perdido
Antes de o ter.
Um verso ao menos fique do inobtido,
Música de perder.

Pobre criança a quem não deram nada,
Choras? É em vão.
Como tu choro à beira da erma estrada.
Perdi o coração.

A ti talvez, que não te tens dado,
Daria enfim...
A mim... Sei eu que duro e inato fado
Me espera a mim?

Outros terão
Um lar, quem saiba, amor, paz, um amigo.
A inteira, negra e fria solidão
Está comigo.

A outros talvez
Há alguma coisa quente, igual, afim
No mundo real. Não chega nunca a vez
Para mim.

"Que importa?"
Digo, mas só Deus sabe que o não creio.
Nem um casual mendigo à minha porta
Sentar se veio.

"Quem tem de ser?"
Não sofre menos quem o reconhece.
Sofre quem finge desprezar sofrer
Pois não esquece.

Isto até quando?
Só tenho por consolação
Que os olhos se me vão acostumando
À escuridão.

Cansado até dos deuses que não são...
Ideais, sonhos... Como o sol é real
E na objectiva coisa universal
Não há o meu coração...
  Eu ergo a mão.
Olho-a de mim, e o que ela é não sou eu.
Ente mim e o que sou há a escuridão.
Mas o que são a isto a terra e o céu?

Houvesse ao menos, visto que a verdade
É falsa, qualquer coisa verdadeira
   De outra maneira
Que a impossível certeza ou realidade.

Houvesse ao menos, sob o sol do mundo,
Qualquer postiça realidade não
   O eterno abismo sem fundo,
Crível talvez, mas tendo coração.

Mas não há nada, salvo tudo sem mim.
Crível por fora da razão, mas sem
Que a razão acordasse e visse bem;
Real com coração, inda que (?)

Os deuses são felizes.
Vivem a vida calma das raízes.
Seus desejos o Fado não oprime,
Ou, oprimindo, redime
Com a vida imortal.
Não há
Sombras ou outros que os contristem.
E, além disto, não existem...

Cai chuva. É noite. Uma pequena brisa
   Substitui o calor.
P'ra ser feliz tanta coisa é precisa.
   Este luzir é melhor.

O que é a vida? O espaço é alguém para mim.
   Sonhando sou eu só.
A luzir, em quem não tem fim
   E, sem querer, tem dó.

Extensa, leve, inútil passageira,
   Ao roçar por mim traz
Uma ilusão de sonho, em cuja esteira
   A minha vida jaz.

Barco indelével pelo espaço da alma,
   Luz da candeia além
Da eterna ausência da ansiada calma,
   Final do inútil bem.

Que se quer, e, se veio, se desconhece
   Que, se for, seria
O tédio de o haver... E a chuva cresce
   Na noite agora fria.

Ah, sempre no curso leve do tempo pesado
A mesma forma de viver!
O mesmo modo inútil de star enganado
Por crer ou por descrer!

Sempre, na fuga ligeira da hora que morre,
A mesma desilusão
Do mesmo olhar lançado do alto da torre
Sobre o plaino vão!

Saudade, sperança — muda o nome, fica
Só a alma vã
Na pobreza de hoje a consciência de ser rica
Ontem ou amanhã.

Sempre, sempre, no lapso indeciso e constante
Do tempo sem fim
O mesmo momento voltando improfícuo e distante
Do que quero em mim!

Sempre, ou no dia ou na noite, sempre — seja
Diverso — o mesmo olhar de desilusão
Lançado do alto da torre da ruína da igreja
Sobre o plaino vão!

Cansa ser, sentir dói, pensar destrui.
Alheia a nós, em nós e fora,
Rui a hora, e tudo nela rui.
Inutilmente a alma o chora.

De que serve? O que é que tem que servir?
Pálido esboço leve
Do sol de Inverno sobre meu leito a sorrir...
Vago sussurro breve.

Das pequenas vozes com que a manhã acorda,
Da fútil promessa do dia,
Morta ao nascer, na esperança longínqua e absurda
Em que a alma se fia.

Tornar-te-ás só quem tu sempre foste.
O que te os deuses dão, dão no começo.
De uma só vez o Fado
Te dá o fado, que é um.

A pouco chega pois o esforço posto
Na medida da tua força nata —
A pouco, se não foste
Para mais concebido.

Contenta-te com seres quem não podes
Deixar de ser. Ainda te fica o vasto
Céu p'ra cobrir-te, e a terra,
Verde ou seca a seu tempo.

O fausto repudio, porque o compram.
O amor porque acontece.
Comigo fico, talvez não contente.
Porém nato e sem erro.

Eu não procuro o bem que me negaram.
As flores dos jardins herdadas de outros.
Como hão-de mais que perfumar de longe
Meu desejo de tê-las?

Não quero a fama, que comigo a têm
Erostrato e o pretor
Ser olhado de todos — que se eu fosse
Só belo, me olhariam.

Qualquer caminho leva a toda a parte,
Qualquer caminho
Em qualquer ponto seu em dois se parte
E um leva a onde indica a strada
Outro é sòzinho.

Uma leva ao fim da mera strada, pára
Onde acabou.
Outra é a abstracta margem

... ...

No inútil desfilar de sensações
Chamado a vida,
No cambalear coerente de visões
Do (?)

Ah! os caminhos stão todos em mim.
Qualquer distância ou direcção, ou fim
Pertence-me, sou eu. O resto é a parte
De mim que chamo o mundo exterior.
Mas o caminho Deus eis se biparte
Em o que eu sou e o alheio a mim
(?)

Ó curva do horizonte, quem te passa,
Passa da vista, vão de ser ou star.
Seta, que o peito enorme me transpassa.
Não doas, que morrer é continuar.

Não vejo mais esse a quem quiz. A taça,
De ouro, não se partiu. Caída ao mar
Sumiu-se, mas no fundo é a mesma graça
Oculta para nós, mas sem mudar.

Ó curva do horizonte, eu me aproximo,
Para quem deixo, um dia cessarei
Da vista do último no último cimo,

Mas para mim o mesmo eterno irei
Na curva, até que o tempo a espera
E aonde estive um dia voltarei.

V ento que passas
Nos pinheirais,
Quantas desgraças
Lembram teus ais.

Quanta tristeza,
Sem o perdão
De chorar, pesa
No coração.

E ó vento vago
Das solidões
Traze um afago
Aos corações.

À dor que ignoras
Presta os teus ais,
Vento que choras
Nos pinheirais.

Quando era jovem, eu a mim dizia:
Como passam os dias, dia a dia,
E nada conseguido ou intentado!
Mais velho, digo, com igual enfado:
Como, dia após dia, os dias vão,
Sem nada feito e nada na intenção!
Assim, naturalmente, envelhecido,
Direi, e com igual voz e sentido:
Um dia virá o dia em que já não
Direi mais nada.
Quem nada foi nem é não dirá nada.

Sepulto vive quem é a outrem dado.
E quem ao outrem que há em si, sepulto
Não poderei, Senhor, alguma vez
Desalgemar de mim as minhas mãos?

A parte do indolente é a abstracta vida.
Quem não emprega o esforço em conseguir,
Mas o deixa ficar, deixa dormir,
O deixa sem futuro e sem guarida,

Que mais haurir pode da morta lida.
Da sentida vaidade de seguir
Um caminho, da inércia de sentir,
Do extinto fogo e da visão perdida,

Senão a calma aquiescência em ter
No sangue entregue, e pelo corpo todo
A consciência de nada qu'rer nem ser,

A intervisão das coisas atingíveis,
E o renunciá-las, como um lindo modo
Das mãos que a palidez torna impassíveis.

É uma brisa leve
Que o ar um momento teve
E que passa sem ter
Quase por tudo ser.

Quem amo não existe.
Vivo indeciso e triste.
Quem quis ser já me esquece
Quem sou não me conhece.

E em meio disto o aroma
Que a brisa traz me assoma
Um momento à consciência
Como uma confidência.

Não tragas flores, que eu sofro...
Rosas, lírios, ou vida...
Ténue e insensível sotro
O céu que se não olvida!

Não tragas flores, nem digas...
Sempre há-de haver cessar...
Deixa tudo acabar...
Cresceram só ortigas.

Os deuses, não os reis, são os tiranos.
É a lei do Fado a única que oprime.
Pobre criança de maduros anos,
Que pensas que há revolta que redime!
Enquanto pese, e sempre pesará,
Sobre o homem a serva condição
De súbdito do Fado.

Ah, já está tudo lido,
Mesmo o que falta ler!
Sonho, e ao meu ouvido
Que música vem ter?

Se escuto, nenhuma.
Se não ouço ao luar
Uma voz que é bruma
Entra em meu sonhar.

E esta é a voz que canta
Se não sei ouvir...
Tudo em mim se encanta
E esquece sentir.

O que a voz canta
Para sempre agora
Na alma me fica
Se a alma me ignora.

Sinto, quero, sei-me
Só há ter perdido —
E o eco onde sonhei-me
Esquece do meu ouvido.

Ah, toca suavemente
Como a quem vai chorar
Qualquer canção tecida
De artifício e de luar —
Nada que faça lembrar
A vida.

Prelúdio de cortesias,
Ou sorriso que passou...
Jardim longínquo e frio...
E na alma de quem o achou
Só o eco absurdo do voo
Vazio.

Hoje, neste ócio incerto
Sem prazer nem razão,
Como a um túmulo aberto
Fecho meu coração.

Na inútil consciência
De ser inútil tudo,
Fecho-o, contra a violência
Do mundo duro e rudo.

Mas que mal sofre um morto?
Contra que defendê-lo?
Fecho-o, em fechá-lo absorto,
E sem querer sabê-lo.

POEMAS DOS DOIS EXÍLIOS

1

Paira no ambíguo destinar-se
Entre longínquos precipícios,
A ânsia de dar-se preste a dar-se
Na sombra vaga entre suplícios,

Roda dolente do parar-se
Para, velados sacrifícios,
Não ter terraços sobre errar-se
Nem ilusões com interstícios,

Tudo velado e o ócio a ter-se
De leque em leque, a aragem fina
Com consciência de perder-se,

Tamanha a flava e pequenina
Pensar na mágoa japonesa
Que ilude as sirtes da Certeza.

2

Dói viver, nada sou que valha ser.
Tardo-me porque penso e tudo rui.
Tento saber, porque tentar é ser.
Longe de isto ser tudo, tudo flui.

Mágoa que, indiferente, faz viver.
Névoa que, diferente, em tudo influi.
O exílio nada do que foi sequer
Ilude, fixa, dá, faz ou possui.

Assim, nocturna, a áreas indecisas,
O prelúdio perdido traz à mente
O que das ilhas mortas foi só brisas,

E o que a memória análoga dedica
Ao sonho, e onde, lua na corrente,
Não passa o sonho e a água inútil fica.

3

Análogo começo,
Uníssono me peço,
Gaia ciência o assomo —
Falha no último tomo,

Onde prolixo ameaço
Paralelo transpasso
O entreaberto haver
Diagonal a ser.

O interlúdio vernal,
Conquista do fatal,
Onde, veludo, afaga
A última que alaga.

Timbre do vespertino,
Ali, caricia, o hino
Outonou entre preces
Antes que, água, comeces.

4

Doura o dia. Silente, o vento dura.
Verde as árvores, mole a terra escura,
Onde flores, vazia a álea e os bancos.
No pinhal erva cresce nos barrancos.
Nuvens vagas no pérfido horizonte.
O moinho longínquo no ermo monte.
Eu alma, que contempla tudo isto,
Nada conhece e tudo reconhece.
Nestas sombras de me sentir existo,
E é falsa a teia que tecer me tece.

Oiço passar o vento na noite.
Sente-se no ar, alto, o açoute
De não sei que ser em não sei quando.
Tudo se ouve, nada se vê.

Ah, tudo é igualdade e analogia.
O vento que passa, esta noite fria.
São outra coisa que a noite e o vento —
Sombras de Ser e de Pensamento.

Tudo nos marca o que nos diz.
Não sei que drama a pensar desfiz
Que a noite e o vento passados são.
Ouvi. Pensando-o, ouvi-o em vão.

Tudo é uníssono e semelhante.
O vento cessa e, noite adiante,
Começa o dia e ignorado existo.
Mas o que foi não é nada disto.

EU

Sou louco e tenho por memória
Uma longínqua e infiel lembrança
De qualquer dita transitória
Que sonhei ter quando criança.

Depois, malograda trajectória
Do meu destino sem esperança,
Perdi, na névoa da noite inglória
O saber e o ousar da aliança.

Só guardo como um anel pobre
Que a todo o herdado só faz rico
Um frio perdido que me cobre

Como um céu dossel de mendigo,
Na curva inútil em que fico
Da estrada certa que não sigo.

Dormir! Não ter desejos nem speranças
Flutua branca a única nuvem lenta
E na azul quiescência sonolenta
A deusa do não-ser tece ambas as tranças.

Maligno sopro de árdua quietude
Perene a fronte e os olhos aquecidos,
E uma floresta-sonho de ruídos
Ensombra os olhos mortos de virtude.

Ah, não ser nada conscientemente!
Prazer ou dor? Torpor o traz e alonga,
E a sombra conivente se prolonga
No chão interior, que à vida mente.

Desconheço-me. Embrenha-me, futuro,
Nas veredas sombrias do que sonho.
E no ócio em que diverso me suponho,
Vejo-me errante, demorado e obscuro.

Minha vida fecha-se como um leque.
Meu pensamento seca como um vago
Ribeiro no Verão. Regresso, e trago
Nas mãos flores que a vida prontas seque.

Incompreendida vontade absorta
Em nada querer... Prolixo afastamento
Do escrúpulo e da vida do momento...

Mendigo do que não conhece,
Meu ser na strada sem lugar
Entre estragos amanhece...
Caminha só sem procurar.

Ah quanta melancolia!
Quanta, quanta solidão!
Aquela alma, que vazia,
Que sinto inútil e fria
Dentro do meu coração!

Que angústia desesperada!
Que mágoa que sabe a fim!
Se a nau foi abandonada,
E o cego caiu na estrada
Deixai-os, que é tudo assim.

Sem sossego, sem sossego,
Nenhum momento de meu
Onde for que a alma emprego —
Na estrada morreu o cego
A nau desapareceu.

Meus dias passam, minha fé também.
Já tive céus e estrelas em meu manto.
As grandes horas, se as viveu alguém,
Quando as viver, perderam já o encanto.

Flor que não dura
Mais do que a sombra dum momento
Tua frescura
Persiste no meu pensamento.

Não te perdi
No que sou eu,
Só nunca mais, ó flor, te vi
Onde não sou senão a terra e o céu.

Aqui neste profundo apartamento
Em que, não por lugar, mas mente estou,
No claustro de ser eu, neste momento
Em que me encontro e sinto-me o que vou,

Aqui, agora, rememoro
Quanto de mim deixei de ser
E inutilmente, choro
O que sou e não pude ter.

LIGEIA

Não quero ir onde não há a luz,
De sob a inútil gleba não ver nunca
As flores, nem o curso ao sol dos rios
Nem como as estações que se renovam
Reiteram a terra. Já me pesa
Nas pálpebras que tremem o oco medo
De nada ser, e nem ter vista ou gosto,
Calor, amor, o bem e o mal da vida.

Nas entressombras de arvoredo
Onde mosqueia a incerta luz
E a noite ocupa a medo
O incerto espaço em que transluz...

GLOSAS

Toda a obra é vã, e vã a obra toda.
O vento vão, que as folhas vãs enroda,
Figura o nosso esforço e o nosso estado.
O dado e o feito, ambos os dá o Fado.

Sereno, acima de ti mesmo, fita
A possibilidade erma e infinita
De onde o real emerge inutilmente,
E cala, e só para pensares sente.

Nem o bem nem o mal define o mundo.
Alheio ao bem e ao mal, do céu profundo
Suposto, o Fado que chamamos Deus
Rege nem bem nem mal a terra e os céus.

Rimos, choramos através da vida.
Uma coisa é uma cara contraída
E a outra uma água com um leve sal.
E o Fado fada alheio ao bem e ao mal.

Doze signos do céu o Sol percorre,
E, renovando o curso, nasce e morre
Nos horizontes do que contemplamos.
Tudo em nós é o ponto de onde estamos.

Ficções da nossa mesma consciência,
Jazemos o instinto e a ciência.
E o sol parado nunca percorreu
Os doze signos que não há no céu.

AMIEL

Não, nem no sonho a perfeição sonhada
Existe, pois que é sonho. Ó Natureza,
Tão monotonamente renovada,
Que cura dás a esta tristeza?
O esquecimento temporário, a estrada
Por engano tomada,
O meditar na ponte e na incerteza...

Inúteis dias que consumo lentos
No esforço de pensar na acção,
Sòzinho com meus frios pensamentos
Nem com uma esperança mão em mão.
É talvez nobre ao coração
Este vazio ser que anseia o mundo,
Este prolixo ser que anseia em vão,
Exânime é profundo.

Tanta grandeza que em si mesma é morta!
Tanta nobreza inútil de ânsia e dor!
Nem se ergue a mão para a fechada porta,
Nem o submisso olhar para o amor!

Como às vezes num dia azul e manso
No vivo verde da planície calma
Duma súbita nuvem o avanço
Pàlidamente as ervas escurece
Assim agora em minha pávida alma
Que súbito se evola e arrefece
A memória dos mortos aparece...

O CONTRA-SÍMBOLO

Uma só luz sombreia o cais
Há um som de barco que vai indo.
Horror! Não nos vemos mais!
A maresia vem subindo.

E o cheiro prateado a mar morto
Cerra a atmosfera de pensar
Até tomar-se este como porto
E este cais a bruxulear

Um apeadeiro universal
Onde cada um spera isolado
Ao ruído — mar ou pinheiral? —
O expresso inútil atrasado.

E no desdobre da memória
O viajante indefinido
Ouve contar-se só a história
Do cais morto do barco ido

Não haver deus é um deus também.

Saudade eterna, que pouco duras!

Em torno a mim, em maré cheia,
Soam como ondas a brilhar,
O dia, o tempo, a obra alheia,
O mundo natural a estar.

Mas eu, fechado no meu sonho,
Parado enigma, e, sem querer,
Inutilmente recomponho
Visões do que não pude ser.

Cadáver da vontade feita,
Mito real, sonho a sentir,
Sequência interrompida, eleita
Para os destinos de partir.

Mas presa à inércia angustiada
De não saber a direcção,
E ficar morto na erma estrada
Que vai da alma ao coração.

Hora própria, nunca venhas,
Que olhar talvez fosse pior...
E tu, sol claro que me banhas,
Ah, banha sempre o meu torpor!

Universal lamento
Aflora no teu ser.
Só tem de ti a voz e o momento
Que o fez em tua voz aparecer.

PRESSÁGIO

Vinham, louras, de preto
Ondeando até mim
Pelo jardim secreto
Na véspera do fim.

Nos olhos toucas tinham
Reflexos de um jardim
Que não o por onde vinham
Na véspera do fim.

Mas passam... Nunca me viram
E eu quanto sonhei afim
A essas que se partiram
Na véspera do fim.

Sei que nunca terei o que procuro
E que nem sei buscar o que desejo,
Mas busco, insciente, no silêncio escuro
E pasmo do que sei que não almejo.

Já não vivi em vão
Já escrevi bem
Uma canção.

A vida o que tem?
Estender a mão
A alguém?

Nem isso, não.
Só o escrever bem
Uma canção.

Pelo plaino sem caminho
O cavaleiro vem.
Caminha quieto e de mansinho,
Com medo de Ninguém.

Não venhas sentar-te à minha frente, nem a meu lado;
Não venhas falar, nem sorrir.
Estou cansado de tudo, estou cansado
E quero só dormir.

Dormir até acordado, sonhando
Ou até sem sonhar,
Mas envolto num vago abandono brando
A não ter que pensar.

Nunca soube querer, nunca soube sentir, até
Pensar não foi certo em mim.
Deitei fora entre ortigas o que era a minha fé,
Escrevi numa página em branco, "Fim".

As princesas incógnitas ficaram desconhecidas,
    Os tronos prometidos não tiveram carpinteiro
Acumulei em mim um milhão difuso de vidas,
    Mas nunca encontrei parceiro.

Por isso, se vieres, não te sentes a meu lado, nem fales,
    Só quero dormir, uma morte que seja
Uma coisa que me não rale nem com que tu te rales —
    Que ninguém deseja nem não deseja.

Pus o meu Deus no prego. Embrulhei em papel pardo
    As esperanças e ambições que tive,
E hoje sou apenas um suicídio tardo,
    Um desejo de dormir que ainda vive.

Mas dormir a valer, sem dignificação nenhuma,
    Como um barco abandonado,
Que naufraga sozinho entre as trevas e a bruma
    Sem se lhe saber o passado.

E o comandante do navio que segue deveras
　　　Entrevê na distância do mar
O fim do último representante das galeras,
　　　Que não sabia nadar.

Durmo. Regresso ou espero?
Não sei. Um outro flui
Entre o que sou e o que quero
Entre o que sou e o que fui.

Velo, na noite em mim,
Meu próprio corpo morto.
Velo, inútil absorto.
Ele tem o seu fim
Inùtilmente, enfim.

Há luz no tojo e no brejo
　　Luz no ar e no chão...
Há luz em tudo que vejo,
　　Não no meu coração...

E quanto mais luz lá fora
　　Quanto mais quente é o dia
Mais por contrário chora
　　Minha íntima noite fria.

Brincava a criança
Com um carro de bois.
Sentiu-se brincando
E disse, eu sou dois!

Há um a brincar
E há outro a saber,
Um vê-me a brincar
E outro vê-me a ver.

Estou por trás de mim
Mas se volto a cabeça
Não era o que eu qu'ria
A volta só é essa...

O outro menino
Não tem pés nem mãos
Nem é pequenino
Não tem mãe ou irmãos.

E havia comigo
Por trás de onde eu estou,
Mas se volto a cabeça
Já não sei o que sou.

E o tal que eu cá tenho
E sente comigo,
Nem pai, nem padrinho,
Nem corpo ou amigo,

Tem alma cá dentro
Stá a ver-me sem ver,
E o carro de bois
Começa a parecer.

O que eu fui o que é?
Relembro vagamente
O vago não sei quê
Que passei e se sente.

Se o tempo é longe ou perto
Em que isso se passou,
Não sei dizer ao certo.
Que nem sei o que sou.

Sei só que me hoje agrada
Rever essa visão
Sei que não vejo nada
Senão o coração.

A água da chuva desce a ladeira.
   É uma água ansiosa.
Faz lagos e rios pequenos, e cheira
   A terra a ditosa.

Há muito que contar a dor e o pranto
   De o amor os não qu 'rer.. .
Mas eu, que também o não tenho, o que canto
   É uma coisa qualquer.

Há música. Tenho sono.
Tenho sono com sonhar.
Stou num longínquo abandono
Sem me sentir nem pensar.

A música é pobre mas
Não será mais pobre a vida?
Que importa que eu durma? Faz
Sono sentir a descida.

Meu coração esteve sempre
Sozinho. Morri já...
Para que é preciso um nome?
Fui eu a minha sepultura.

Hoje stou triste, stou triste.
Starei alegre amanhã...
O que se sente consiste
Sempre em qualquer coisa vã.

Ou chuva, ou sol, ou preguiça...
Tudo influi, tudo transforma...
A alma não tem justiça,
A sensação não tem forma.

Uma verdade por dia...
Um mundo por sensação...
Stou triste. A tarde está fria.
Amanhã, sol e razão.

Passava eu na estrada pensando impreciso,
   Triste à minha moda.
Cruzou um garoto, olhou-me, e um sorriso
   Agradou-lhe a cara toda.

Bem sei, bem sei, sorrirá assim
   A um outro qualquer.
Mas então sorriu assim para mim...
   Que mais posso eu qu 'rer?

Não sou nesta vida nem eu nem ninguém,
   Vou sem ser nem prazo...
Que ao menos na estrada me sorria alguém
   Ainda que por acaso.

O sonho que se opôs a que eu vivesse
A esperança que não quis que eu acordasse,
O amor fictício que nunca era esse,
A glória eterna que velava a face.

Por onde eu, louco sem loucura, passe
Esse conjunto absurdo a teia tece...
E, por mais que o Destino me ajudasse,
Quero crer que o Deus dele me esquecesse.

Por isso sou o deportado, e a ilha
Com que, de natural e vegetável
A imaginação se maravilha...

Nem frutos tem nem água que é potável...
Do barco naufragado vê-se a quilha...
... ...

O amor, quando se revela,
Não se sabe revelar.
Sabe bem olhar p'ra *ela,*
Mas não lhe sabe falar.

Quem quer dizer o que sente
Não sabe o que há-de dizer.
Fala: parece que mente...
Cala: parece esquecer...

Ah, mas se *ela* adivinhasse,
Se pudesse ouvir o olhar,
E se um olhar lhe bastasse
P'ra saber que a estão a amar!

Mas quem sente muito, cala;
Quem quer dizer quanto sente
Fica sem alma nem fala,
Fica só, inteiramente!

Mas se isto puder contar-lhe
O que não lhe ouso contar,
Já não terei que falar-lhe
Porque lhe estou a falar...

... Vaga história comezinha
Que, *pela voz das vozes,* era a minha...
Quem sou eu? Eles sabem e passaram.

Einda quente o fim do dia...
Meu coração tem tédio e nada...
Da vida sobe maresia...
Uma luz azulada e fria
Pára nas pedras da calçada...
Uma luz azulada e vaga
Um resto anónimo do dia...
Meu coração não se embriaga
Vejo como que em si o dia...
É uma luz azulada e fria.

Em torno ao candeeiro desolado
Cujo petróleo me alumia a vida,
Paira uma borboleta, por mandado
Da sua inconsistência indefinida.

E, ó vento vago
Das solidões,
Minha alma é um lago
De indecisões.

Ergue-a em ondas
De iras ou de ais,
Vento que rondas
Os pinheirais!

O meu coração quebrou-se
Como um bocado de vidro
Quis viver e enganou-se...

No fim da chuva e do vento
   Voltou ao céu que voltou
A lua; e o luar cinzento
   De novo, branco, azulou.

Pela imensa constelação
   Do céu dobrado e profundo,
Os meus pensamentos vão
   Buscando sentir o mundo.

Mas perdeu-se como uma onda
   E o sentimento não sonda
   O que o pensamento vale.
Que importa? Tantos pensaram
   Como penso e pensarei.

O LOUCO

E fala aos constelados céus
De trás das mágoas e das grades
Talvez com sonhos como os meus...
Talvez, meu Deus!, com que verdades!

As grades de uma cela estreita
Separam-no de céu e terra...
Às grades mãos humanas deita
E com voz não humana berra...

Caminho a teu lado mudo
Sentes-me, vês-me alheado...
Perguntas, sim ou não, não sei...
Tenho saudades de tudo...
Até, porque está passado,
Do próprio mal que passei.

Sim, hoje é um dia feliz.
Será, não sei, incerto
Num princípio não sei quê
Há um sentido que me diz
Que isto — o céu largo e aberto —
É só a sombra do que é...

E lembro em meia-amargura
Do passado, do distante,
E tudo me é solidão...
Que fui nessa noite escura?
Quem sou nesta morte instante?
Não perguntes... Tudo é vão.

Há uma música do povo,
Nem sei dizer se é um fado —
Que ouvindo-a há um chiste novo
No ser que tenho guardado...

Ouvindo-a sou quem seria
Se desejar fosse ser...
É uma simples melodia
Das que se aprendem a viver...

E ouço-a embalado e sòzinho...
É essa mesma que eu quis...
Perdi a fé e o caminho...
Quem não fui é que é feliz.

Mas é tão consoladora
A vaga e triste canção...
Que a minha alma já não chora
Nem eu tenho coração...

Se uma emoção estrangeira,
Um erro de sonho ido...
Canto de qualquer maneira
E acaba com um sentido!

A esperança como um fósforo inda aceso,
Deixei no chão, e entardeceu no chão ileso.
A falha social do meu destino
Reconheci, como um mendigo preso.

Cada dia me traz com que sperar
O que dia nenhum poderá dar.
Cada dia me cansa da sperança...
Mas viver é sperar e se cansar.

O prometido nunca será dado
Porque no prometer cumpriu-se o fado.
O que se espera, se a esperança é gosto,
Gastou-se no esperá-lo, e está acabado.

Quanta acha vingança contra o fado
Nem deu o verso que a dissesse, e o dado
Rolou da mesa abaixo, oculta a carta,
Nem o buscou o jogador cansado.

E a extensa e vária natureza é triste
Quando no vau da luz as nuvens passam.

A pálida luz da manhã de Inverno,
   O cais e a razão
Não dão mais sperança, nem uma sperança sequer,
   Ao meu coração.
O que tem que ser
Será, quer eu queira que seja ou que não.

No rumor do cais, no bulício do rio
   Na rua a acordar
Não há mais sossego, nem um vazio sequer,
   Para o meu sperar.
O que tem que não ser
Algures será, se o pensei; tudo mais é sonhar.

Sim, tudo é certo logo que o não seja,
Amar, teimar, verificar, descrer —
Quem me dera um sossego à beira-ser
Como o que à beira-mar o olhar deseja.

A tua voz fala amorosa...
Tão meiga fala que me esquece
Que é falsa a sua branda prosa.
Meu coração desentristece.

Sim, como a música sugere
O que na música não stá,
Meu coração nada mais quer
Que a melodia que em ti há...

Amar-me? Quem o crera? Fala
Na mesma voz que nada diz
Se és uma música que embala.
Eu ouço, ignoro, e sou feliz.

Nem há felicidade falsa,
Enquanto dura é verdadeira.
Que importa o que a verdade exalça
Se sou feliz desta maneira?

Qual é a tarde por achar
Em que teremos todos razão
E respiraremos o bom ar
Da alameda sendo Verão,

Ou, sendo Inverno, baste star
Ao pé do sossego ou do fogão?
Qual é a tarde por voltar?
Essa tarde houve, e agora não.

Qual é a mão cariciosa
Que há-de ser enfermeira minha —
Sem doenças minha vida ousa
Oh, essa mão é morta e osso...
Só a lembrança me acarinha
O coração com que não posso.

Vou com um passo como de ir parar
Pela rua vazia
Nem sinto como um mal ou mal-estar
A vaga chuva fria...

Vou pela noite da indistinta rua
Alheio a andar e a ser
E a chuva leve em minha face nua
Orvalha de esquecer...

Sim, tudo esqueço. Pela noite sou
Noite também
E vagaroso eu vou,
Fantasma de magia.

No vácuo que se forma de eu ser eu
E da noite ser triste
Meu ser existe sem que seja meu
E anónimo persiste...

Qual é o instinto que fica esquecido
Entre o passeio e a rua?
Vou sob a chuva, amargo e diluído
E tenho a face nua.

Parece que estou sossegando
Starei talvez para morrer.
Há um cansaço novo e brando
De tudo quanto quis querer.

Há uma surpresa de me achar
Tão conformado com sentir.
Súbito vejo um rio
Entre arvoredo a luzir.

Aqui está-se sossegado,
Longe do mundo e da vida,
Cheio de não ter passado,
Até o futuro se olvida.
Aqui está-se sossegado.

Tinha os gestos inocentes,
Seus olhos riam no fundo.
Mas invisíveis serpentes
Faziam-a ser do mundo.
Tinha os gestos inocentes.

Aqui tudo é paz e mar.
Que longe a vista se perde
Na solidão a tornar
Em sombra, o azul que é verde!
Aqui tudo é paz e mar.

Sim, poderia ter sido...
Mas vontade nem razão
O mundo têm conduzido
A prazer ou conclusão.
Sim, poderia ter sido...

Agora não esqueço e sonho.
Fecho os olhos, oiço o mar
E de ouvi-lo bem, suponho
Que vejo azul a esverdear.
Agora não esqueço e sonho.

Não foi propósito, não.
Os seus gestos inocentes

Tocavam no coração
Como invisíveis serpentes.
Não foi propósito, não.

Durmo, desperto e sòzinho.
Que tem sido a minha vida?
Velas de inútil moinho
Um movimento sem lida...
Durmo, desperto e sòzinho.

Nada explica nem consola.
Tudo está certo depois.
Mas a dor que nos desola,
A mágoa de um não ser dois —
Nada explica nem consola.

O céu de todos os Invernos
Cobre em meu ser todo o Verão...
Vai p'r'ás profundas dos infernos
E deixa em paz meu coração!

Por ti meu pensamento é triste,
Meu sentimento anda estrangeiro;
A tua ideia em mim insiste
Como uma falta de dinheiro.

Não posso dominar meu sonho.
Não te posso obrigar a amar.
Que hei-de fazer? Fico tristonho.
Mas a tristeza há-de acabar.

Bem sei, bem sei... A dor de corno...
Mas não fui eu que lh'o chamei.
Amar-te causa-me transtorno,
Lá que transtorno é que não sei...

Ridículo? É claro. E todos?
Mas a consciência de o ser, fi-la bastante
clara deitando-a a rodos
Em cinco quadras de oito sílabas.

Mas o hóspede inconvidado
Que mora no meu destino,
Que não sei como é chegado,
Nem de que honras é dino.

Constrange meu ser de casa
A adaptações de disfarce.

Mas eu, alheio sempre, sempre entrando
O mais íntimo ser da minha vida,
Vou dentro em mim a sombra procurando.

Pela rua já serena
Vai a noite
Não sei de que tenho pena,
Nem se é penar isto que tenho...

Pobres dos que vão sentindo
Sem saber do coração!
Ao longe, cantando e rindo,
Um grupo vai sem razão...

E a noite e aquela alegria
E o que medito a sonhar
Formam uma alma vazia
Que paira na orla do ar...

Tenho pena até... nem sei...
Do próprio mal que passei
Pois passei quando passou.

O som do relógio
Tem a alma por fora,
Só ele é a noite
E a noite se ignora.

Não sei que distância
Vai de som a som
Rezando, no tique
Do taque do tom.

Mas oiço de noite
A sua presença
Sem ter onde acoite
Meu ser sem ser.

Parece dizer
Sempre a mesma coisa
Como o que se senta
E se não repousa.

EPITÁFIO DESCONHECIDO

Quanta mais alma
Por mais que a alma ande no amplo informe,
A ti, seu lar anterior, do fundo
Da emoção regressou, ó Cristo, e dorme
Nos braços cujo amor é o fim do mundo.

GLOSA

Minha alma sabe-me a antiga
Mas sou de minha lembrança,
Como um eco, uma cantiga.

Bem sei que isto não é nada,
Mas quem dera a alma que seja
O que isto é, como uma estrada.

Talvez eu fosse feliz
Se houvesse em mim o perdão
Do que isto quase que diz.

Porque o esforço é vil e vão,
A verdade, quem a quis?
Escuta só, meu coração.

O abismo é o muro que tenho
Ser eu não tem um tamanho.

Relógio, morre —
Momentos vão...
Nada já ocorre
Ao coração
Senão, senão...

Bem que perdi,
Mal que deixei,
Nada aqui
Montes sem lei
Onde estarei...

Ninguém comigo!
Desejo ou tenho?
Sou o inimigo —
De onde é que venho?
O que é que estranho?

Quem vende a verdade, e a que esquina?
Quem dá a hortelã com que temperá-la?
Quem traz para casa a menina
E arruma as jarras da sala?

Quem interroga os baluartes
E conhece o nome dos navios?
Dividi o meu estudo inteiro em partes
E os títulos dos capítulos são vazios...

Meu pobre conhecimento ligeiro,
Andas buscando o estandarte eloquente
Da filarmónica de um Barreiro
Para que não há barco nem gente.

Tapeçarias de parte nenhuma
Quadros virados contra a parede...
Ninguém conhece, ninguém arruma
Ninguém dá nem pede.

Ó coração epitélico e macio,
Colcha de crochê do anseio morto,
Grande prolixidade do navio
Que existe só para nunca chegar ao porto.

Na noite que me desconhece
O luar vago, transparece
Da lua ainda por haver.
Sonho. Não sei o que me esquece,
Nem sei o que prefiro ser.

Hora intermédia entre o que passa,
Que névoa incógnita esvoaça
Entre o que sinto e o que sou?
A brisa alheiamente abraça.
Durmo. Não sei quem é que estou.

Dói-me tudo por não ser nada.
Da grande noite embainhada
Ninguém tira a conclusão.
Coração, queres? Tudo enfada
Antes só sintas, coração.

Mais triste do que o que acontece
    É o que nunca aconteceu.
Meu coração, quem o entristece?
    Quem o faz meu?

Na nuvem vem o que escurece
    O grande campo sob o céu.
Memórias? Tudo é o que esquece.
    A vida é quanto se perdeu.
E há gente que não enlouquece!
    Ai do que em mim me chamo eu!

Ó ervas frescas que cobris
    As sepulturas,
Vosso verde tem cores vis
A meus olhos, já servis
    De conjecturas.

Sabemos bem de quem viveis
    Ervas do chão,
Que sossego é esse que fazeis
Verde na forma que trazeis
    Sem compaixão.

Ó verdes ervas, como o azul medo
    Do céu sem Ser,
Cunhado como entre segredo
Da vida viva, e outro degredo
    Do infindo haver.

Tenho um terror com todo eu
    Do verde chão...
Ó Sol, não baixes já no céu,
Quero um momento ainda meu
    Como um perdão.

Há quanto tempo não canto
Na muda voz de sentir.
E tenho sofrido tanto
Que chorar fora sorrir.

Há quanto tempo não sinto
De maneira a o descrever,
Nem em ritmos vivos minto
O que não quero dizer...

Há quanto tempo me fecho
À chave dentro de mim.
E é porque já não me queixo
Que as queixas não têm fim.

Há tanto tempo assim duro
Sem vontade de falar!
Já estou amigo do escuro
Não quero o sol nem o ar.

Foi-me tão pesada e crescida
A tristeza que ficou
Que ficou toda na vida.
Para cantar não sonhou.

Ó sorte de olhar mesquinho
   E gestos de despedida,
Apanha-me do caminho
   Como a uma coisa caída...

Resvalei à via velha
   Do colo de quem sonhava.
Leva-me como na celha
   O sabão de quem lavava...

Quem quer saber de quem fora
   Quem eu fora se outro fosse...
Olha-me e deita-me fora
   Como quem farta de doce.

Dói-me quem sou. E em meio da emoção
Ergue a fronte de torre um pensamento.
É como se na imensa solidão
De uma alma a sós consigo, o coração
Tivesse cérebro e conhecimento.

Numa amargura artificial consisto,
Fiel a qualquer ideia que não sei,
Como um fingido cortesão me visto
Dos trajes majestosos em que existo
Para a presença artificial do rei.

Sim, tudo é sonhar quanto sou e quero.
Tudo das mãos caídas se deixou.
Braços dispersos, desolado espero.
Mendigo pelo fim do desespero,
   Que quis pedir esmola e não ousou.

Depois que todos foram
E foi também o dia,
Ficaram entre as sombras
Das áleas do ermo parque
Eu e a minha agonia.

A festa fora alheia
E depois que acabou
Ficaram entre as sombras
Das áleas apertadas
Quem eu fui e quem sou.

Tudo fora por todos.
Brincaram, mas enfim
Ficaram entre as sombras
Das áleas apertadas
Só eu, e eu sem mim.

Talvez que no parque antigo
A festa volte a ser.
Ficaram entre as sombras
Das áleas apertadas
Eu e quem sei não ser.

V ai leve a sombra
Por sobre a água.
Assim meu sonho
Na minha mágoa.

Como quem dorme
Esqueço a viver.
Despertarei
Ao sol volver.
Nuvem ou brisa,
Sonho ou (?) dada
Faz sentir; passa,
E não foi nada.

Árvore verde,
Meu pensamento
Em ti se perde.
Ver é dormir
Neste momento.

Que bom não ser
'stando acordado!
Também em mim
Enverdecer
Em folhas dado!

Tremulamente
Sentir no corpo
Brisa na alma!
Não ser quem sente,
Mas tem a calma...

Eu tinha um sonho
Que me encantava.
Se a manhã vinha,
Como eu a odiava!

Volvia a noite,
E o sonho a mim.
Era o meu lar,
Minha alma afim.

Depois perdi-o.
Lembro? Quem dera!
Se eu nunca soube
O que ele era.

Vou em mim como entre bosques,
Vou-me fazendo paisagem
Para me desconhecer.
Nos meus sonhos sinto aragem,
Nos meus desejos descer.

Passeio entre arvoredo
Nos meandros de quem sinto
Quando sinto sem sentir...
Vaga clareira de instinto,
Pinheiral todo a subir...

Sorriso que no regato
Através dos ramos curvos
O sol, espreitando, achou.
Fluir de água, com tons turvos,
Onde uma pedra adensou.

Grande alegria das mágoas
Quando o declive da encosta
Apressa o passo ou querer...
De que é que a minha alma gosta
Ser que eu tenho de saber.

Muita curva, muita coisa,
Todas com gentes de fora
Na alma que sinto assim.
Que paisagem quem se ignora!
Meu Deus, que é feito de mim?

Meus versos são meu sonho dado.
Quero viver, não sei viver,
Por isso, anónimo e encantado,
Canto para me pertencer.

O que salvamos, o perdemos.
O que pensamos, já o fomos.
Ah, e só guardamos o que demos
E tudo é sermos quem não somos.

Se alguém sabe sentir meu canto
Meu canto eu, saberei sentir.
Viverei com minha alma tanto
Tanto quanto antes vivi.

Deixa-me ouvir o que não ouço...
Não é a brisa ou o arvoredo;
É outra coisa intercalada...
   É qualquer coisa que não posso
   Ouvir senão em segredo,
   E que talvez não seja nada...

Deixa-me ouvir... Não fales alto!
Um momento!... Depois o amor,
Se quiseres... Agora cala!
   Ténue, longínquo sobressalto
   Que substitui a dor,
   Que inquieta e embala...

O quê? Só a brisa entre a folhagem?
Talvez... Só um canto pressentido?
Não sei, mas custa amar depois...
Sim, torna a mim, e a paisagem

E a verdadeira brisa, ruído...
Que pena sermos dois!
Meu amor, somos dois.
Vejo-te, somos dois...

A tua carne calma
    Presente não tem ser,
Os meus desejos são cansaços.
Quem querem ter nos braços
    É a ideia de te ter.

Teu corpo real que dorme
É um frio no meu ser.

Ah, a esta alma que não arde
Não envolve, porque ama
A esperança, ainda que vã,
O esquecimento que vive
Entre o orvalho da tarde
E o orvalho da manhã.

Fito-me frente a frente.
Conheço que estou louco.
Não me sinto doente.
Fito-me frente a frente.

Evoco a minha vida.
Fantasma, quem és tu?
Uma coisa erguida.
Uma força traída.

Neste momento claro,
Abdique a alma bem!
Saber não ser é raro.
Quero ser raro e claro.

Talvez que seja a brisa
Que ronda o fim da estrada,
Talvez seja o silêncio,
Talvez não seja nada...

Que coisa é que na tarde
Me entristece sem ser?
Sinto como se houvesse
Um mal que acontecer.

Mas sinto o mal que vem
Como se já passasse...
Que coisa é que faz isto
Sentir-se e recordar-se?

Sei bem que não consigo
O que não quero ter,
Que nem até prossigo
Na estrada até querer.

Sei que não sei da imagem
Que era o saber que foi
Aquela personagem
Do drama que me dói.

Sei tudo. Era presente
Quando abdiquei de mim...
E o que a minha alma sente
Ficou nesse jardim.

Se eu pudesse não ter o ser que tenho
Seria feliz aqui...
Que grande sonho
Ser quem não sabe quem é e sorri!

Mas eu me estranho
Se em sonho me vi
Tal qual no tamanho
O que nunca vi...

Não quero mais que um som de água
Ao pé de um adormecer.
Trago sonho, trago mágoa,
Trago com que não querer.

Como nada amei nem fiz
Quero descansar de nada.
Amanhã serei feliz
Se para amanhã há estrada.

Por enquanto, na estalagem
De não ter cura de mim,
Gozarei só pela aragem
As flores do outro jardim.

Por enquanto, por enquanto,
Por enquanto não sei quê...
Pobre alma, choras sem pranto,
E ouves como quem vê.

Deve chamar-se tristeza
Isto que não sei que seja
Que me inquieta sem surpresa,
Saudade que não deseja.

Sim, tristeza — mas aquela
Que nasce de conhecer
Que ao longe está uma estrela
E ao perto está não a ter.

Seja o que for, é o que tenho.
Tudo mais é tudo só.
E eu deixo ir o pó que apanho
De entre as mãos ricas de pó.

Quem me roubou quem nunca fui e a vida?
Quem, de dentro de mim, é que a roubou?
Quem ao ser que conheço por quem sou
Me trouxe, em estratagemas de descida?

Onde me encontro nada me convida.
Onde me eu trouxe nada me chamou.
Desperto: este lugar em que me estou,
Se é abismo ou cume, onde estão vinda ou ida?

Quem, quando por mim meus passos dados,
Entre sonhos e errores que me deu
À súbita visão dos mudos fados?
Quem sou, que assim me caminhei sem ser,
Quem são, que assim me deram aos bocados
À reunião em que acordo e não sou meu?

Se sou alegre ou sou triste?.,.
Francamente, não o sei.
A tristeza em que consiste?
Da alegria o que farei?

Não sou alegre nem triste.
Verdade, não sei que sou.
Sou qualquer alma que existe
E sinto o que Deus fadou.

Afinal, alegre ou triste?
Pensar nunca tem bom fim...
Minha tristeza consiste
Em não saber bem de mim...
Mas a alegria é assim...

O grande sol na eira
Talvez seja o remédio...
Não quero quem me queira,
Amarem-me faz tédio.

Baste-me o beijo intacto
Que a luz dá a luzir
E o amor alheio e abstracto
De campos a florir.

O resto é gente e alma:
Complica, fala, vê.
Tira-me o sonho e a calma
E nunca é o que é.

Pois cai um grande e calmo efeito
De nada ter razão de ser
Do céu, nulo como um direito,
Na terra vil como um dever.

Grande sol a entreter
Meu meditar sem ser
Neste quieto recinto...
Quanto não pude ter
Forma a alma com que sinto...

Se vivo é que perdi...
Se amo é que não amei...
E o grande bom sol ri...
E a sombra está aqui
Onde eu sempre estarei...

Maravilha-te, memória!
Lembras o que nunca foi,
E a perda daquela história
Mais que uma perda me dói.

Meus contos de fadas meus —
Rasgaram-lhe a última folha...
Meus cansaços são ateus
Dos deuses da minha escolha...

Mas tu, memória, condizes
Com o que nunca existiu...
Torna-me aos dias felizes
E deixa chorar quem riu.

O sol queima o que toca.
O verde à luz desenverdece.
Seca-me a sensação da boca.
Nas minhas papilas esquece.

Gostara, realmente,
De sentir com uma alma só,
Não ser eu só gente
De muitos, mete-me dó.

Não ter lar, vá. Não ter calma
Stá bem, nem ter pertencer.
Mas eu, de ter tanta alma,
Nem minha alma chego a ter.

Melodia triste sem pranto,
Diluída, antiga, feliz
Manhã de sentir a alma como um canto
  De D. Dinis.

Vem do fundo do campo, da hora,
E do modo triste como ouço,
Uma voz que canta, e se demora.
Escuto alto, mas não posso

Distinguir o que diz; é música só,
Feita de coração, sem dizer:
Murmúrio de quem embala, com um vago dó
De o menino ter de crescer.

Deus não tem unidade,
Como a terei eu?

Entre o luar e o arvoredo,
Entre o desejo e não pensar
Meu ser secreto vai a medo
Entre o arvoredo e o luar.
Tudo é longínquo, tudo é enredo,
Tudo é não ter nem encontrar.

Entre o que a brisa traz e a hora,
Entre o que foi e o que a alma faz,
Meu ser oculto já não chora
Entre a hora e o que a brisa traz.
Tudo não foi, tudo se ignora.
Tudo em silêncio se desfaz.

Deixo ao cego e ao surdo
A alma com fronteiras,
Que eu quero sentir tudo
De todas as maneiras.

Do alto de ter consciência
Contemplo a terra e o céu,
Olho-os com inocência...
Nada que vejo é meu.

Mas vejo tão atento
Tão neles me disperso
Que cada pensamento
Me torna já diverso.

E como são estilhaços
Do ser, as coisas dispersas
Quebro a alma em pedaços
E em pessoas diversas.

E se a própria alma vejo
Com outro olhar,
Pergunto se há ensejo
De por isto a julgar.

Ah, tanto como a terra
E o mar e o vasto céu.
Quem se crê próprio erra,
Sou vário e não sou meu.

Se as coisas são estilhaços
Do saber do universo,

Seja eu os meus pedaços,
Impreciso e diverso.

Se quanto sinto é alheio
E de mim se sente,
Como é que a alma veio
A acabar-se em ente?

Assim eu me acomodo
Com o que Deus criou,
Deixo teu diverso modo
Diversos modos sou.

Assim a Deus imito,
Que quando fez o que é
Tirou-lhe o infinito
E a unidade até.

Olha-me rindo uma criança
E na minha alma madruga.
Tenho razão, tenho esperança
Tenho o que nunca me basta.

Bem sei. Tudo isto é um sorriso
Que é nem sequer sorriso meu.
Mas para meu não o preciso
Basta ser de quem mo deu.

Breve momento em que um olhar
Sorriu ao certo para mim...
És a memória de um lugar,
Onde já fui feliz assim.

Quero ser livre insincero
Sem crença, dever ou posto.
Prisões, nem de amor as quero.
Não me amem, porque não gosto.

Quando canto o que não minto
E choro o que sucedeu,
É que esqueci o que sinto
E julgo que não sou eu.

De mim mesmo viandante
Olho as músicas na aragem,
E a minha mesma alma errante
É uma canção de viagem.

O rio que passa dura
Nas ondas que há em passar,
E cada onda figura
O instante de um lugar.

Pode ser que o rio siga,
Mas a onda que passou
É outra quando prossiga.
Não continua: durou.

Qual é o ser que subsiste
Sob estas formas de estar,
A onda que não existe,
O rio que é só passar?

Não sei, e o meu pensamento
Também não sabe se é,
Como a onda o seu momento
Como o rio (?)

Meu ruído de alma cala.
E aperto a mão no peito,
Porque sob o efeito
Da arte que faz trejeito,
O que é de Cristo fala.

Cega, porca, lixo
Da vida que n' alma tem,
Esta criança vem.
Que Deus é que do além
Teve este mau capricho?

E ou jazigo haja
Ou sótão com pó,
Bebé foi-se embora.
Minha alma está só.

Gnomos do luar que faz selvas
As florestas sossegadas,
Que sois silêncios nas relvas,
E em almas abandonadas
Fazeis sombras enganadas,

Que sempre se a gente olha
Acabastes de passar
E só um tremor de folha
Que o vento pode explicar
Fala de vós sem falar,

Levai-me no vosso rastro,
Que em minha alma quero ser
Como vosso corpo, um astro
Que só brilha quando houver
Quem o suponha sem ver.

Ah, sentir tudo de todos os feitios!
Não ter alma, não ter
Só diversos modos
Seja eu leitura variada
Para mim mesmo!

Assim eu que canto ou choro
Quero velar-me e partir.
Lembrando o que não memoro,
Alguém me saiba sentir,
Mas ninguém me definir.

Minha mulher, a solidão,
Consegue que eu não seja triste.
Ah, que bom é ao coração
Ter este bem que não existe!

Recolho a não ouvir ninguém,
Não sofro o insulto de um carinho
E falo alto sem que haja alguém:
Nascem-me os versos do caminho.

Senhor, se há bem que o céu conceda
Submisso à opressão do Fado,
Dá-me eu ser só — veste de seda —,
E fala só — leque animado.

Na margem verde da estrada
Os malmequeres são meus.
Já trago a alma cansada —
Não é disso... é de Deus.

Se Deus me quisesse dá-la
Havia de achar maneira...
A estrada de cá da vala
Tem malmequeres à beira.

Se os quero, colho-os, e tenho
Cuidado com os partir.
Cada um que vejo e apanho
Dá um estalinho ao sair.

São malmequeres aos molhos,
Iguaizinhos para ver.
E nem põe neles os olhos,
Dá a mão pra os receber.

Não é esmola que envergonhe,
Nem coisa dada sem mais.
É pra que a menina os ponha
Onde o peito faz sinais.

Tirei-os do campo ao lado
Para a menina os trazer...
E nem me mostra o agrado
De um olhar para me ver...

É assim a minha sina.
Tirei-os de onde iam bem,
Só para os dar à menina —
E agradeceu-me a ninguém.

Quando nas pausas solenes
Da natureza
Os galos cantam solenes.

A estrada, como uma senhora,
Só dá passagem legalmente.
Escrevo ao sabor quente da hora
Baldadamente.

Não saber bem o que se diz
É um pouco sol e um pouco alma.
Ah, quem me dera ser feliz.
Teria isto, mais a calma.

Bom campo, estrada com cadastro,
Legislação entre erva nata.
Vai atar a alma com um nastro
Só para ver quem ma desata.

Tão vago é o vento que parece
Que as folhas fremem só por vida.
Dorme um calar em que se esquece
Em que é que o campo nos convida?

Não sei. Anónimo de mim,
Não posso erguer uma intenção
Do saco em que me sinto assim,
Caído nesse verde chão.

Com a alma feita em animal,
A quem o sol é um lombo quente.
Aceito como a brisa real
A sensação de ser quem sente.

E os olhos que me pesam baixo
Olham pela alma o campo e a estrada.
No chão um fósforo é o que acho.
Nas sensações não acho nada.

De aqui a pouco acaba o dia.
Não fiz nada.
Também, que coisa é que faria?
Fosse o que fosse, estava errada.

De aqui a pouco a noite vem.
Chega em vão
Para quem como eu só tem
Para o contar o coração.

E após a noite a irmos dormir
Torna o dia.
Nada farei senão sentir.
Também que coisa é que faria?

É boa! Se fossem malmequeres!
E é uma papoula
Sòzinha, com esse ar de "queres?"
Veludo da natureza tola.

Coitada!
Por ela
Saí da marcha pela estrada.
Não a ponho na lapela.

Oscila ao leve vento, muito
Encarnada a arroxear.
Deixei no chão o meu intuito.
Caminharei sem regressar.

Enfia, a agulha,
E ergue do colo
A costura enrugada.
Escuta: (volto a folha
Com desconsolo).
Não ouviste nada.

Os meus poemas, este
E os outros que tenho —
São só a brincar.
Tu nunca os leste,
E nem mesmo estranho
Que ouças sem pensar.

Mas dá-me um certo agrado
Sentir que tos leio
E que ouves sem saber.
Faz um certo agrado.
Dá-me um certo enleio...
E ler é esquecer.

Parece estar calor, mas nasce
      Sùbitamente
   Contra a minha face
Uma brisa fresca que se sente.

Assim também — poder comparar
    É que é poesia —
  A alma sente-se a esperar,
Mas não conhece em que confia.

Gradual, desde que o calor
　Teve medo,
A brisa ganhou alma, à flor
　Do arvoredo.

　Primeiro, os ramos ajeitaram
　　As folhas que há,
　Depois, cinzentas, oscilaram,
　　E depois já

Toda a árvore era um movimento
E o fresco viera.
Medita sem ter pensamento!
Ignora e 'spera!

Como um vento na floresta,
Minha emoção não tem fim.
Nada sou, nada me resta.
Não sei quem sou para mim.

E como entre os arvoredos
Há grandes sons de folhagem,
Também agito segredos
No fundo da minha imagem.

E o grande ruído do vento
Que as folhas cobrem de som
Despe-me do pensamento:
Sou ninguém, temo ser bom.

Quanto fui peregrino
Do meu próprio destino!
Quanta vez desprezei
O lar que sempre amei!
Quanta vez rejeitando
O que quisera ter,
Fiz dos versos um brando
Refúgio de não ser!

E quanta vez, sabendo
Que a mim estava esquecendo,
E que quanto vivi —
Tanto era o que perdi —
Como o orgulhoso pobre
Ao rejeitado lar
Volvi o olhar, vil nobre
Fidalgo só no chorar...

Mas quanta vez descrente
Do ser insubsistente
Com que no Carnaval
Da minha alma irreal
Vestira o que sentisse
Vi quem era quem não sou
E tudo o que não disse
Os olhos me turvou...

Então, a sós comigo,
Sem me ter por amigo,
Criança ao pé dos céus,
Pus a mão na de Deus.

E no mistério escuro
Senti a antiga mão
Guiar-me, e fui seguro
Como a quem deram pão.

Por isso, a cada passo
Que meu ser triste e lasso
Sente sair do bem
Que a alma, se é própria, tem,
Minha mão de criança
Sem medo nem esperança
Para aquele que sou
Dou na de Deus e vou.

Do meio da rua
(Que é, aliás, o infinito)
Um pregão flutua,
Música num grito...

Como se no braço
Me tocasse alguém
Viro-me num espaço
Que o espaço não tem.

Outrora em criança
O mesmo pregão...
Não lembres... Descansa,
Dorme, coração!...

Por quem foi que me trocaram
Quando estava a olhar para ti?
Pousa a tua mão na minha
E, sem me olhares, sorri.

Sorri do teu pensamento
Porque eu só quero pensar
Que é de mim que ele está feito
E que o tens para mo dar.

Depois aperta-me a mão
E vira os olhos a mim...
Por quem foi que me trocaram
Quando estás a olhar-me assim?

Leve no cimo das ervas
O dedo do vento roça...
Elas dizem-me que sim...
Mas eu já não sei de mim
Nem do que queira ou que possa.

E o alto frio das ervas
Fica no ar a tremer...
Parece que me enganaram
E que os ventos me levaram
O com que me convencer.

Mas no relvado das ervas
Nem bole agora uma só.
Porque pus eu uma esperança
Naquela inútil mudança
De que nada ali ficou?

Não: o sossego das ervas
Não é o de há pouco já.
Que inda a lembrança do vento
Me as move no pensamento
E eu tenho porque não há.

Se tudo o que há é mentira,
É mentira tudo o que há.
De nada nada se tira,
A nada nada se dá.

Se tanto faz que eu suponha
Uma coisa ou não com fé,
Suponho-a se ela é risonha,
Se não é, suponho que é.

Que o grande jeito da vida
É pôr a vida com jeito.
Fana a rosa não colhida
Como a rosa posta ao peito.

Mais vale é o mais valer,
Que o resto ortigas o cobrem
E só se cumpra o dever
Para que as palavras sobrem.

Há um grande som no arvoredo.
Parece um mar que há lá em cima.
É o vento, e o vento faz um medo...
Não sei se um coração me estima...

Sòzinho sob os astros certos
Meu coração não sai da vida...
Ó vastos céus, iguais e abertos,
Que é esta alma indefinida?

Cai chuva do céu cinzento
Que não tem razão de ser.
Até o meu pensamento
Tem chuva nele a escorrer.

Tenho uma grande tristeza
Acrescentada à que sinto.
Quero dizer-ma mas pesa
O quanto comigo minto.

Porque verdadeiramente
Não sei se estou triste ou não,
E a chuva cai levemente
(Porque Verlaine consente)
Dentro do meu coração.

Andavam de noite aos segredos
    Só porque era noite...
Os bosques enchiam de medos
    Quem quer que se afoite...

Diziam palavras que pesam
    À sombra de alguém...
Ninguém os conhece, e passam...
    Não eram ninguém...

Fica só na aragem e na ânsia
    Saudade a fingir...
Foi como se fora a distância...
    Eu torno a dormir.

Parece às vezes que desperto
E me pergunto o que vivi;
Fui claro, fui real, é certo,
Mas como é que cheguei aqui?

A bebedeira às vezes dá
Uma assombrosa lucidez
Em que como outro a gente está.
Estive ébrio sem beber talvez.

E de aí, se pensar, o mundo
Não será feito só de gente
No fundo cheia de este fundo
De existir clara e èbriamente?

Entendo, como um carrossel,
Giro em meu torno sem me achar...
(Vou escrever isto num papel
Para ninguém me acreditar...)

O ruído vário da rua
Passa alto por mim que sigo.
Vejo: cada coisa é sua.
Oiço: cada som é consigo.

Sou como a praia a que invade
Um mar que torna a descer.
Ah, nisto tudo a verdade
É só eu ter que morrer.

Depois de eu cessar, o ruído.
Não, não ajusto nada
Ao meu conceito perdido
Como uma flor na estrada.

Cheguei à janela,
Porque ouvi cantar.
É um cego e a guitarra
Que estão a chorar.

Ambos fazem pena,
São uma coisa só
Que anda pelo mundo
A fazer ter dó.

Eu também sou um cego
Cantando na estrada,
A estrada é maior
E não peço nada.

Eu amo tudo o que foi,
Tudo o que já não é,
A dor que já me não dói,
A antiga e errónea fé,
O ontem que dor deixou,
O que deixou alegria
Só porque foi, e voou
E hoje é já outro dia.

Há um murmúrio na floresta,
Há uma nuvem e não já.
Há uma nuvem e nada resta
Do murmúrio que ainda está
No ar a parecer que há.

É que a saudade faz viver,
E faz ouvir, e ainda ver,
Tudo o que foi e acabará
Antes que tenha de o esquecer
Como a floresta esquece já.

O vento tem variedade
Nas formas de parecer.
Se vens dizer-me a verdade,
Porque é que ma vens dizer?
Verdades, quem é que as quer?

Se a vida é o que é,
Então está bem o que está.
Para que ir pé ante pé
Até ontem e até já
E até onde nada há?

Enrola o cordão à roda
Do teu dedo sem razão.
Tudo é uma espécie de moda
E acaba na ocasião.
Quem te deu esse cordão?

Já ouvi doze vezes dar a hora
No relógio que diz que é meio-dia
A toda a gente que aqui perto mora.
(O comentário é do Camões agora:)
«Tanto que espera! Tanto que confia!»
Como o nosso Camões, qualquer podia
Ter dito aquilo, até outrora.

E ainda é uma grande coisa a ironia.

Paisagens, quero-as comigo.
Paisagens, quadros que são...
Ondular louro do trigo,
Faróis de sóis que sigo,
Céu mau, juncos, solidão...

Umas pela mão de Deus,
Outras pelas mãos das fadas,
Outras por acasos meus,
Outras por lembranças dadas...

Paisagens... Recordações,
Porque até o que se vê
Com primeiras impressões
Algures foi o que é,
No ciclo das sensações.

Paisagens... Enfim, o teor
Da que está aqui é a rua
Onde ao sol bom do torpor
Que na alma se me insinua
Não vejo nada melhor.

O mau aroma alacre
Da maresia
Sobe no esplendor acre
Do dia.

Falsa, a ribeira é lodo
Ainda a aguar.
Olho, e o que sou está todo
A não olhar.

E um mal de mim a deixa.
Tenho lodo em mim —
Ribeira que se queixa
De o rio ser assim.

Vão breves passando
Os dias que tenho.
Depois de passarem
Já não os apanho.

De aqui a tão pouco
Ainda acabou.
Vou ser um cadáver
Por quem se rezou.

E entre hoje e esse dia
Farei o que fiz:
Ser qual quero eu ser,
Feliz ou infeliz.

Fito-me frente a frente
E conheço quem sou.
Estou louco, é evidente,
Mas que louco é que estou?

É por ser mais poeta
Que gente que sou louco?
Ou é por ter completa
A noção de ser pouco?

Não sei, mas sinto morto
O ser vivo que tenho.
Nasci como um aborto,
Salvo a hora e o tamanho.

Em plena vida e violência
De desejo e ambição,
De repente uma sonolência
Cai sobre a minha ausência,
Desce ao meu próprio coração.

Será que a mente, já desperta
Da noção falsa de viver,
Vê que, pela janela aberta,
Há uma paisagem toda incerta
E um sonho todo a apetecer?

Não sei ser triste a valer
Nem ser alegre deveras.
Acreditem: não sei ser.
Serão as almas sinceras
Assim também, sem saber?

Ah, ante a ficção da alma
E a mentira da emoção,
Com que prazer me dá calma
Ver uma flor sem razão
Florir sem ter coração!

Mas enfim não há diferença.
Se a flor flore sem querer,
Sem querer a gente pensa.
O que nela é florescer
Em nós é ter consciência.

Depois, a nós como a ela,
Quando o Fado a faz passar,
Surgem as patas dos deuses
E a ambos nos vêm calcar.

Stá bem, enquanto não vêm
Vamos florir ou pensar.

Tenho sono em pleno dia.
Não sei de quê, tenho pena.
Sou como uma maresia.
Dormi mal e a alma é pequena.

Nos tanques da quinta de outrem
É que gorgoleja bem.
Quanto as saudades encontrem,
Tanto minha alma não tem.

Sou um evadido.
Logo que nasci
Fecharam-me em mim,
Ah, mas eu fugi.

Se a gente se cansa
Do mesmo lugar,
Do mesmo ser
Por que não se cansar?

Minha alma procura-me
Mas eu ando a monte,
Oxalá que ela
Nunca me encontre.

Ser um é cadeia,
Ser eu não é ser.
Viverei fugindo
Mas vivo a valer.

As nuvens são sombrias
Mas, nos lados do sul,
Um bocado do céu
É tristemente azul.

Assim, no pensamento,
Sem haver solução,
Há um bocado que lembra
Que existe o coração.

E esse bocado é que é
A verdade que está
A ser beleza eterna
Para além do que há.

Desfaze a mala feita pra a partida!
    Chegaste a ousar a mala?
Que importa? Desesperas ante a ida
    Pois tudo a ti te iguala.

Sempre serás o sonho de ti mesmo.
    Vives tentando ser,
Papel rasgado de um intento, a esmo
    Atirado ao descrer.

Como as correias cingem
    Tudo o que vais levar!
Mas é só a mala e não a ida (?)
    Que há-de sempre ficar!

Se estou só, quero não star,
Se não stou, quero star só,
Enfim, quero sempre estar
Da maneira que não estou.

Ser feliz é ser aquele.
E aquele não é feliz,
Porque pensa dentro dele
E não dentro do que eu quis.

A gente faz o que quer
Daquilo que não é nada,
Mas falha se o não fizer,
Fica perdido na estrada.

Bem, hoje que estou só e posso ver
Com o poder de ver do coração
Quanto não sou, quanto não posso ser,
Quanto, se o for, serei em vão,

Hoje, vou confessar, quero sentir-me
Definitivamente ser ninguém,
E de mim mesmo, altivo, demitir-me
Por não ter procedido bem.

Falhei a tudo, mas sem galhardias,
    Nada fui, nada ousei e nada fiz,
Nem colhi nas ortigas dos meus dias
    A flor de parecer feliz.

Mas fica sempre, porque o pobre é rico
    Em qualquer cousa, se procurar bem,
A grande indiferença com que fico.
    Escrevo-o para o lembrar bem.

No céu da noite que começa
Nuvens de um vago negro brando
Numa ramagem pouco espessa
Vão no ocidente tresmalhando.

Aos sonhos que não sei me entrego
Sem nada procurar sentir
E estou em mim como em sossego,
Pra sono falta-me dormir.

Deixei atrás nas horas ralas
Caídas uma outra ilusão,
Não volto atrás a procurá-las,
Já estão formigas onde estão.

INCIDENTE

Dói-me no coração
Uma dor que me envergonha...
Quê! Esta alma que sonha
O âmbito todo do mundo
Sofre de amor e tortura
Por tão pequena cousa...
Uma mulher curiosa
E o meu tédio profundo?

Não fiz nada, bem sei, nem o farei,
Mas de não fazer nada isto tirei,
Que fazer tudo e nada é tudo o mesmo,
Quem sou é o espectro do que não serei.

Vivemos aos encontros do abandono
Sem verdade, sem dúvida nem dono.
Boa é a vida, mas melhor é o vinho.
O amor é bom, mas é melhor o sono.

Vê-la faz pena de sperança.
Loura, olha azul com expansão
Tem um sorriso de criança:
Sorri até ao coração.

Não saberia ter desdém.
Criança adulta,
Parece quase mal que alguém
Venha a violá-la por mulher.

Seus olhos, lagos de alma de água,
Têm céus de uma intenção menina.
De eu vê-la, ri-me a minha mágoa
Tornada loura e feminina.

Uma maior solidão
Lentamente se aproxima
Do meu triste coração.

Enevoa-se-me o ser
Como um olhar a cegar,
A cegar, a escurecer.

Jazo-me sem nexo, ou fim...
Tanto nada quis de nada,
Que hoje nada o quer de mim.

Chove. Que fiz eu da vida?
Fiz o que ela fez de mim...
De pensada, mal vivida...
Triste de quem é assim!

Numa angústia sem remédio
Tenho febre na alma, e, ao ser,
Tenho saudade, entre o tédio,
Só do que nunca quis ter...

Quem eu pudera ter sido,
Que é dele? Entre ódios pequenos
De mim, stou de mim partido.
Se ao menos chovesse menos!

Vem dos lados da montanha
Uma canção que me diz
Que, por mais que a alma tenha,
Sempre há-de ser infeliz.

O mundo não é seu lar
E tudo que ele lhe der
São coisas que estão a dar
A quem não quer receber.

Diz isto? Não sei. Nem voz
Ouço, música, à janela
Onde me medito a sós
Como o luzir de uma estrela.

Desperto sempre antes que raie o dia
E escrevo com o sono que perdi.
Depois, neste torpor em que a alma é fria,
Aguardo a aurora, que já tantas vi.

Fito-a sem atenção, cinzento verde
Que se azula de galos a cantar.
Que mau é não dormir? A gente perde
O que a morte nos dá pra começar.

Oh Primavera quietada, aurora,
Ensina ao meu torpor, em que a alma é fria,
O que é que na alma lívida e colora
Com o que vai acontecer no dia.

Clareia cinzenta a noite de chuva,
Que o dia chegou.
E o dia parece um traje de viúva
Que já desbotou.

Ainda sem luz, salvo o claro do escuro,
O céu chove aqui,
E ainda é um além, ainda é um muro
Ausente de si.

Não sei que tarefa terei este dia;
Que é inútil já sei...
E fito, de longe, minha alma, já fria
Do que não farei.

A Lua (dizem os Ingleses)
É feita de queijo verde.
Por mais que pense mil vezes
Sempre uma ideia se perde.

E era essa, era, era essa,
Que haveria de salvar
Minha alma da dor da pressa
De... não sei se é desejar.

Sim, todos os meus desejos
São de estar sentir pensando...
A Lua (dizem os Ingleses)
É azul de quando em quando.

As lentas nuvens fazem sono,
O céu azul faz bom dormir.
Boio, num íntimo abandono,
À tona de me não sentir.

E é suave, como um correr de água,
O sentir que não sou alguém.
Não sou capaz de peso ou mágoa.
Minha alma é aquilo que não tem.

Que bom, à margem do ribeiro
Saber que é ele que vai indo...
E só em sono eu vou primeiro,
E só em sonho eu vou seguindo.

Tão linda e finda a memoro!
    Tão pequena a enterrarão!
Quem me entalou este choro
    Nas goelas do coração?

Há um frio e um vácuo no ar.
Stá sobre tudo a pairar,
Cinzento-preto, o luar.

Luar triste de antemanhã
De outro dia e sua vã
Sperança e inútil afã.

É como a morte de alguém
Que era tudo que a alma tem
E que não era ninguém.

Absurdo erro disperso
No spaço, água onde é imerso
O cadáver do universo.

É como o meu coração
Frio da vaga opressão
Da antemanhã da visão.

E toda a noite a chuva veio
E toda a noite não parou,
E toda a noite o meu anseio
No som da chuva triste e cheio
Sem repousar se demorou.

E toda a noite ouvi o vento
Por sobre a chuva irreal soprar
E toda a noite o pensamento
Não me deixou um só momento
Como uma maldição do ar.

E toda a noite não dormida
Ouvi bater meu coração
Na garganta da minha vida.

CEIFEIRA

Mas não, é abstracta, é uma ave
De som volteando no ar do ar,
E a alma canta sem entrave
Pois que o canto é que faz cantar.

Eu tenho ideias e razões,
Conheço a cor dos argumentos
E nunca chego aos corações.

Não, não é nesse lago entre rochedos,
Nem nesse extenso e espúmeo beira-mar,
Nem na floresta ideal cheia de medos
Que me fito a mim mesmo e vou pensar.

É aqui, neste quarto de uma casa,
Aqui entre paredes sem paisagem,
Que vejo o romantismo, que foi asa
Do que ignorei de mim, seguir viagem.

É em nós que há os lagos todos e as florestas
Se vemos claro no que somos, é
Não porque as ondas quebrem as arestas
Verdes em branco (?)

Tenho principalmente não ter nada,
Dormir seria sono se o tivesse.

Pálida sombra esvoaça
Como só fingindo ser
Por entre o vento que passa
E altas nuvens a correr.

Mal se sabe se existiu,
Se foi erro tê-la visto,
Sombra de sombra fluiu
Entre tudo de onde disto.

Nem me resta uma memória.
É como se alguém confuso
Se não lembrasse da história.

O PESO DE HAVER O MUNDO

Passa no sopro da aragem
Que um momento o levantou
Um vago anseio de viagem
Que o coração me toldou.

Será que em seu movimento
A brisa lembre a partida,
Ou que a largueza do vento
Lembre o ar livre da ida?

Não sei, mas sùbitamente
Sinto a tristeza de estar
O sonho triste que há rente
Entre sonhar e sonhar.

Lembro-me ou não? Ou sonhei?
Flui como um rio o que sinto.
Sou já quem nunca serei
Na certeza em que me minto.

O tédio de horas incertas
Pesa no meu coração.
Paro ante as portas abertas
Sem escolha nem decisão.

Basta pensar em sentir
Para sentir em pensar.
Meu coração faz sorrir
Meu coração a chorar.

Depois de ficar e ir,
Hei-de ser quem vai chegar
Para ser quem quer partir.

Viver é não conseguir.

Como nuvens pelo céu
Passam os sonhos por mim.
Nenhum dos sonhos é meu
Embora eu os sonhe assim.

São coisas no alto que são
Enquanto a vista as conhece,
Depois são sombras que vão
Pelo campo que arrefece.

Símbolos? Sonhos? Quem torna
Meu coração ao que foi?
Que dor de mim me transtorna?
Que coisa inútil me dói?

Porque sou tão triste ignoro
Nem porque sentir em mim
Lágrimas que eu choro assim;
Desde menino me choro
E ainda não me achei fim.

O que o seu jeito revela
Sabe à vista como um gomo,
E a vida tem fome dela
Nos dentes do seu assomo.

E nele mesmo, vibrante
A esse corpo de amor,
Espreita, próximo e distante,
O seu tigre interior.

Nos jardins municipais
As flores também são flores.
Assim, na vida e no mais,
Que a vida é de estupores,

Podemos todos ser nossos
E fluir como quem somos.
Quando a casa é só destroços
É que a fruta é só de gomos.

Porque, ó Sagrado, sobre a minha vida
Derramaste o teu verbo?
Porque há-de a minha partida
A coroa de espinhos da verdade (?)

Antes eu era sábio sem cuidados,
Ouvia, à tarde finda, entrar o gado
E o campo era solene e primitivo.
Hoje que da verdade sou o escravo
Só no meu ser tenho de a ter o travo,
Estou exilado aqui e morto vivo.

Maldito o dia em que pedi a ciência!
Mais maldito o que a deu porque me a deste!
Que é feito dessa minha inconsciência
Que a consciência, como um traje, veste?
Hoje sei quase tudo e fiquei triste...
Porque me deste o que pedi, ó Santo?
Sei a verdade, enfim, do Ser que existe.
Prouvera a Deus que eu não soubesse tanto!

Quando já nada nos resta
É que o mudo sol é bom.
O silêncio da floresta
É de muitos sons sem som.

Basta a brisa pra sorriso.
Entardecer é quem esquece.
Dá nas folhas o impreciso,
E mais que o ramo estremece.

Ter tido sperança fala
Como quem conta a cantar.
Quando a floresta se cala
Fica a floresta a falar.

Aquele peso em mim — meu coração.

O sol doirava-te a cabeça loura.
És morta. Eu vivo. Ainda há mundo e aurora.

A aranha do meu destino
Faz teias de eu não pensar.
Não soube o que era em menino,
Sou adulto sem o achar.
É que a teia, de espalhada
Apanhou-me o querer ir...
Sou uma vida baloiçada
Na consciência de existir.
A aranha da minha sorte
Faz teia de muro a muro...
Sou presa do meu suporte.

Ah, só eu sei
Quanto dói meu coração
Sem fé nem lei,
Sem melodia nem razão.

Só eu, só eu,
E não o posso dizer
Porque sentir é como o céu,
Vê-se mas não há nele que ver.

No meu sonho estiolaram
As maravilhas de ali,
No meu coração secaram
As lágrimas que sofri.
Mas os que amei não acharam
Quem eu era, se era em si,
E a sombra veio e notaram
Quem fui e nunca senti.

Lâmpada deserta,
No átrio sossegado.
Há sombra desperta
Onde se ergue o estrado.

No estrado está posto
Um caixão floral.
No átrio está exposto
O corpo fatal.

Não dizem quem era
No sonho que teve.
E a sombra que o espera
É a vida em que esteve.

Ah, como incerta, na noite em frente,
De uma longínqua tasca vizinha
Uma ária antiga, sùbitamente,
Me faz saudades do que as não tinha.

A ária é antiga? É-o a guitarra.
Da ária mesma não sei, não sei.
Sinto a dor-sangue, não vejo a garra.
Não choro, e sinto que já chorei.

Qual o passado que me trouxeram?
Nem meu nem de outro, é só passado:
Todas as coisas que já morreram
A mim e a todos, no mundo andado.

É o tempo, o tempo que leva a vida
Que chora e choro na noite triste.
É a mágoa, a queixa mal definida
De quando existe, só porque existe.

Vinha elegante, depressa,
Sem pressa e com um sorriso.
E eu, que sinto co a cabeça,
Fiz logo o poema preciso.

No poema não falo dela
Nem como, adulta menina,
Virava a esquina daquela
Rua que é a eterna esquina...

No poema falo do mar,
Descrevo a onda e a mágoa.
Relê-lo faz-me lembrar
Da esquina dura — ou da água.

Lá fora onde árvores são
O que se mexe a parar
Não vejo nada senão,
Depois das árvores, o mar.

É azul intensamente,
Salpicado de luzir,
E tem na onda indolente
Um suspirar de dormir.

Mas nem durmo eu nem o mar,
Ambos nós, no dia brando,
E ele sossega a avançar
E eu não penso e estou pensando.

Nada que sou me interessa.
Se existe em meu coração
Qualquer cousa que tem pressa
Terá pressa em vão.

Nada que sou me pertence.
Se existo em quem me conheço
Qualquer cousa que me vence
Depressa a esqueço.

Nada que sou eu serei.
Sonho, e só existe em meu ser,
Um sonho do que terei.
Só que o não hei-de ter.

O ponteiro dos segundos
É o exterior de um coração.
Conta a minutos os mundos,
Que os mundos são sensação.

Vejo, como quem não vê
Seu curso em círculo dar
Um sentido aqui ao pé
Do universo todo no ar.

Em outro mundo, onde a vontade é lei,
Livremente escolhi aquela vida
Com que primeiro neste mundo entrei.
Livre, a ela fiquei preso e eu a paguei
Com o preço das vidas subsequentes
De que ela é a causa, o deus; e esses entes,
Por ser quem fui, serão o que serei.

Porque pesa em meu corpo e minha mente
Esta miséria de sofrer? Não foi
Minha a culpa e a razão do que me dói.

Não tenho hoje memória, neste sonho
Que sou de mim, de quanto quis ser eu.
Nada de nada surge do medonho
Abismo de quem sou em Deus, do meu
Ser anterior a mim, a me dizer
Quem sou, esse que fui quando no céu,
Ou o que chamam céu, pude querer.

Sou entre mim e mim o intervalo —
Eu, o que uso esta forma definida
De onde para outra ulterior resvalo.
Em outro mundo (?)

Minhas mesmas emoções
São coisas que me acontecem.

Depois que o som da terra, que é não tê-lo,
Passou, nuvem obscura, sobre o vale
E uma brisa afastando meu cabelo
Me diz que fale, ou me diz que cale,
A nova claridade veio, e o sol
Depois, ele mesmo, e tudo era verdade,
Mas quem me deu sentir e a sua prole?
Quem me vendeu nas hastas da vontade?
Nada. Uma nova obliquação da luz,
Interregno factício onde a erva esfria.
E o pensamento inútil se conduz
Até saber que nada vale ou pesa.
E não sei se isto me ensimesma ou alheia,
Nem sei se é alegria ou se é tristeza.

Rala cai chuva. O ar não é escuro. A hora
Inclina-se na haste; e depois volta.
Que bem a fantasia se me solta!
Com que vestígios me descobre agora!

Tédio dos interstícios, onde mora
A fazer de lagarto. — O muro escolta
A minha eterna angústia de revolta
E esse muro sou eu e o que em mim chora.

Não digas mais, pois te ignorei cativo...
Teus olhos lembram o que querem ser,
Murmúrio de águas sobre a praia, e o esquivo
Langor do poente que me faz esquecer.
Que real que és! Mas eu, que vejo e vivo,
Perco-te, e o som do mar faz-te perder.

Eh, como outrora era outra a que eu não tinha!
Como amei quando amei! Ah, como eu via
Como e com olhos de quem nunca lia
Tinha o trono onde ter uma rainha.

Sob os pés seus a vida me espezinha.
Reclinando-te tão bem? A tarde esfria...
Ó mar sem cais nem lado na maresia,
Que tens comigo, cuja alma é a minha?

Sob uma umbela de chá em baixo estamos
E é súbita a lembrança
Da velha quinta e do espalmar dos ramos
Sob os quais a merendar — Oh, amor da glória!
Fecharam-me os olhos para toda a história!
Como sapos saltamos e erramos...

Oscila o incensório antigo
Em fendas e ouro ornamental.
Sem atenção, absorto sigo
Os passos lentos do ritual.

Mas são os braços invisíveis
E são os cantos que não são
E os incensórios de outros níveis
Que vê e ouve o coração.

Ah, sempre que o ritual acerta
Seus passos e seus ritmos bem,
O ritual que não há desperta
E a alma é o que é, não o que tem.

Oscila o incensório visto,
Ouvidos cantos stão no ar,
Mas o ritual a que eu assisto
É um ritual de relembrar.

No grande Templo antenatal,
Antes de vida e alma e Deus...
E o xadrez do chão ritual
É o que é hoje a terra e os céus...

Ouço sem ver, e assim, entre o arvoredo,
Vejo ninfas e faunos entremear
As árvores que fazem sombra ou medo
E os ramos que sussurram de eu olhar.

Mas que foi que passou? Ninguém o sabe.
Desperto, e ouço bater o coração —
Aquele coração em que não cabe
O que fica da perda da ilusão.

Eu quem sou, que não sou meu coração?

Quase anónima sorris
E o sol doura o teu cabelo.
Porque é que, pra ser feliz,
É preciso não sabê-lo?

Porque esqueci quem fui quando criança?
Porque deslembra quem então era eu?
Porque não há nenhuma semelhança
Entre quem sou e fui?
A criança que fui vive ou morreu?
Sou outro? Veio um outro em mim viver?
A vida, que em mim flui, em que é que flui?
Houve em mim várias almas sucessivas
Ou sou um só inconsciente ser?

Ser consciente é talvez um esquecimento.
Talvez pensar um sonho seja, ou um sono.
Talvez dormir seja, um momento,
Voltar o spirto nosso a ser seu dono.

Quem me diz que o rochedo bruto e quedo
Não é o verdadeiro consciente —
O êxtase perene de uma mente
Que deixa o corpo hirto ser rochedo?

Só a morte o diz — mas quem me diz que o diz?

Uma névoa de Outono o ar raro vela,
Cores de meia-cor pairam no céu.
O que indistintamente se revela,
Árvores, casas, montes, nada é meu.

Sim, vejo-o, e pela vista sou seu dono.
Sim, sinto-o eu pelo coração, o como.
Mas entre mim e ver há um grande sono.
De sentir é só a janela a que eu assomo.

Amanhã, se estiver um dia igual,
Mas se for outro, porque é amanhã,
Terei outra verdade, universal,
E será como esta (?)

Que suave é o ar! Como parece
Que tudo é bom na vida que há!
Assim meu coração pudesse
Sentir essa certeza já.

Mas não; ou seja a selva escura
Ou seja um Dante mais diverso,
A alma é literatura
E tudo acaba em nada e verso.

Do seu longínquo reino cor-de-rosa,
Voando pela noite silenciosa,
A fada das crianças vem, luzindo.
Papoulas a coroam, e, cobrindo
Seu corpo todo, a tornam misteriosa.

À criança que dorme chega leve,
E, pondo-lhe na fronte a mão de neve,
Os seus cabelos de ouro acaricia —
E sonhos lindos, como ninguém teve,
A sentir a criança principia.

E todos os brinquedos se transformam
Em coisas vivas, e um cortejo formam:
Cavalos e soldados e bonecas,
Ursos e pretos, que vêm, vão e tornam,
E palhaços que tocam em rabecas...

E há figuras pequenas e engraçadas
Que brincam e dão saltos e passadas...
Mas vem o dia, e, leve e graciosa,
Pé ante pé, volta a melhor das fadas
Ao seu longínquo reino cor-de-rosa.

Entre o sossego e o arvoredo,
Entre a clareira e a solidão,
Meu devaneio passa a medo
Levando-me a alma pela mão.
É tarde já, e ainda é cedo.

Não quero ir onde não há a luz,
Do outro lado abóbada do solo,
Ínfera imensa cripta, não mais ver
As flores, nem o curso ao sol de rios,
Nem onde as estações que se sucedem
Mudam no campo o campo. Ali, no escuro,
Só sombras múrmuras, êxuis de tudo,
Salvo da saudade, eternas moram;
Região aos mesmos íncolas incógnita,
Dos naturais, se os tem, desconhecida.
Ali talvez só lírios cor de cinza
Surgirão pálidos da noite imota.
Ali talvez só gelo com as águas,
Como a cegos, serão, e o surdo curso,
No côncavo sossego lamentoso,
Se acaso à vista habituada aclare,
Será como um cinzento tédio externo.

Não quero o pátrio sol de toda a terra
Deixar atrás, descendo, passo a passo,
A escadaria cujos degraus são
Sucessivos aumentos de negrume,
Até ao extremo solo e noite inteira.

Para que vim a esta clara vida?
Para que vim, se um dia hei-de cair
Da haste dela? Para que no solo
Se abre o poço da ida? Porque não
Será sem fim (?)

Nesta vida, em que sou meu sono,
Não sou meu dono,
Quem sou é quem me ignoro e vive
Através desta névoa que sou eu
Todas as vidas que eu outrora tive,
Numa só vida.
Mar sou; baixo marulho ao alto rujo,
Mas minha cor vem do meu alto céu,
E só me encontro quando de mim fujo.

Quem quando eu era infante me guiava
Senão a vera alma que em mim estava?
Atada pelos braços corporais,
Não podia ser mais.
Mas, certo, um gesto, olhar ou esquecimento
Também, aos olhos de quem bem olhou,
A Presença Real sob o disfarce
Da minha alma presente sem intento.

Vejo passar os barcos pelo mar.
As velas, como asas do que vejo
Trazem-me um vago e íntimo desejo
De ser quem fui, sem eu saber que foi.
Por isso tudo lembra o meu ser lar,
E, porque o lembra, quanto sou me dói.

Vai pela estrada que na colina
É um risco branco na encosta verde —
Risco que em arco sobe e declina
E, sem que iguale, se à vista perde —

A cavalgada, formigas, cores,
De gente grande que aqui passou.
Eram dois sexos multicolores
E riram muitos por onde estou.

Por certo alegres assim prosseguem.
Quem porém sabe se o não sou mais —
Eu, só de vê-los e como seguem;
Eu, só de achá-los todos iguais?

Eles para eles são um do outro;
Pra mim são todos — a cavalgada —,
Numa alegria, distante e neutro,
Que a nenhum deles pode ser dada.

Os sentimentos não têm medida,
Nem, de uns para outros, comparação.
Vai já na curva que é a descida
A cavalgada meu coração.

Vi passar, num mistério concedido,
Um cavaleiro negro e luminoso
Que, sob um grande pálio rumoroso,
Seguia lento com o seu sentido.

Quatro figuras que lembrando olvido
Erguiam alto as varas, e um lustroso
Torpor de luz dormia tenebroso
Nas dobras desse pano estremecido.

Na fronte do vencido ou vencedor
Uma coroa pálida de espinhos
Lhe dava um ar de ser rei e senhor.

Ladram uns cães a distância,
Cai uma tarde qualquer,
Do campo vem a fragrância
De campo, e eu deixo de ver.

Um sonho meio sonhado,
Em que o campo transparece,
Está em mim, está a meu lado,
Ora me lembra ou me esquece.

E assim neste ócio profundo
Sem males vistos ou bens,
Sinto que todo este mundo
É um largo onde ladram cães.

Leves véus velam, nuvens vãs, a Lua.
Crepúsculo na noite..., e é triste ver,
Em vez da límpida amplitude nua
Do céu, a noite e o céu a escurecer.

A noite é húmida de conhecer,
Sem que humidade de água seja sua.
(?)

Quero, terei —
Se não aqui,
Noutro lugar que inda não sei.
Nada perdi.
Tudo serei.

É um campo verde e vasto,
　Sòzinho sem saber,
De vagos gados pasto,
　Sem águas a correr.

Só campo, só sossego,
　Só solidão calada.
Olho-o, e nada nego
　E não afirmo nada.

Aqui em mim me exalço
　No meu fiel torpor.
O bem é pouco e falso,
　O mal é erro e dor.

Agir é não ter casa,
　Pensar é nada ter.
Aqui nem luzes (?) ou asa
　Nem razão para a haver.

E um vago sono desce
　Só por não ter razão,
E o mundo alheio esquece
　À vista e ao coração.

Torpor que alastra e excede
　O campo e o gado e os ver.
A alma nada pede
　E o corpo nada quer.

Feliz sabor de nada.
　Insciência do mundo,
Aqui sem porto ou estrada,
　Nem horizonte ao fundo.

Falhei. Os astros seguem seu caminho.
Minha alma, outrora um universo meu,
É hoje, sei, um lúgubre escaninho
De consciência sob a morte e o céu.

Falhei. Quem sou vivi só de supô-lo.
O que tive por meu ou por haver
Fica sempre entre um polo e o outro polo
Do que me nunca há-de pertencer.

Falhei. Enfim! Consegui ser quem sou,
O que é já nada, com a lenha velha
Onde, pois valho só quanto me dou,
Pegarei fàcilmente uma centelha.

Deixei de ser aquele que esperava,
Isto é, deixei de ser quem nunca fui...
Entre onda e onda a onda não se cava,
E tudo, em ser conjunto, dura e flui.

A seta treme, pois que, na ampla aljava,
O presente ao futuro cria e inclui.
Se os mares erguem sua fúria brava
É que a futura paz seu rastro obstrui.

Tudo depende do que não existe.
Por isso meu ser mudo se converte
Na própria semelhança, austero e triste.

Nada me explica. Nada me pertence.
E sobre tudo a lua alheia verte
A luz que tudo dissipa e nada vence.

Vai alta a nuvem que passa,
Branca, desfaz-se a passar,
Até que parece no ar
Sombra branca que esvoaça.

Assim no pensamento
Alta vai a intuição,
Mas desfaz-se em sonho vão
Ou em vago sentimento.

E se quero recordar
O que foi nuvem ou sentido
Só vejo alma ou céu despido
Do que se desfez no ar.

A novela inacabada,
Que o meu sonho completou,
Não era de rei ou fada
Mas era de quem não sou.

Para além do que dizia
Dizia eu quem não era...
A Primavera floria
Sem que houvesse Primavera.

Lenda do sonho que vivo,
Perdida por a salvar...
Mas quem me arrancou o livro
Que eu quis ter sem acabar?

Nada. Passaram nuvens e eu fiquei...
No ar limpo não há rasto.
Surgiu a lua de onde já não sei,
Num claro luar vasto.

Todo o espaço da noite fica cheio
De um peso sossegado...
Onde porei o meu futuro, e o enleio
Que o liga ao meu passado?

Eu me resigno. Há no alto da montanha
Um penhasco saído,
Que, visto de onde toda coisa é estranha,
Deste vale escondido,
Parece posto ali para o não termos,
Para que, vendo-o ali,
Nos contentemos só com o aí vermos
No nosso eterno aqui...

Eu me resigno. Esse penhasco agudo
Talvez alcançarão
Os que na força de irem põem tudo.
De teu próprio silêncio nulo e mudo,
Não vás, meu coração.

A minha camisa rota
(Pois não tenho quem me a cosa)
É parte minha na rota
Que vai para qualquer cousa,
Pois o estar rota denota
Que a minha (?)

Mas sei que a camisa é nada,
Que um rasgão não é mal,
E que a camisa rasgada
Não me traz a alma enganada,
Em busca do Santo Graal.

Canta onde nada existe
O rouxinol para seu bem,
Ouço-o, cismo, fico triste
E a minha tristeza também

Janela aberta, para onde
Campos de não haver são
O onde a dríade se esconde
Sem ser imaginação.

Quem me dera que a poesia
Fosse mais do que a escrever!
Canta agora a cotovia
Sem se lembrar de viver...

Durmo, cheio de nada, e amanhã
É, em meu coração,
Qualquer cousa sem ser, pública e vã
Dada a um público vão.

O sono! este mistério entre dois dias
Que traz ao que não dorme
À terra de aqui visões nuas, vazias,
Num outro mundo enorme.

O sono! que cansaço me vem dar
O que não mais me traz
Que uma onda lenta, sempre a ressacar,
Sobre o que a vida faz?!

Tenho esperança? Não tenho.
Tenho vontade de a ter?
Não sei. Ignoro a que venho,
Quero dormir e esquecer.

Se houvesse um bálsamo da alma,
Que a fizesse sossegar,
Cair numa qualquer calma
Em que, sem sequer pensar,

Pudesse ser toda a vida,
Pensar todo o pensamento —
Então (?)

Náusea. Vontade de nada.
Existir por não morrer.
Como as casas têm fachada,
Tenho este modo de ser.

Náusea. Vontade de nada.
Sento-me à beira da estrada.
Cansado já do caminho
Passo pra o lugar vizinho.

Mais náusea. Nada me pesa
Senão a vontade presa
Do que deixei de pensar
Como quem fica a olhar...

O vento sopra lá fora.
Faz-me mais sòzinho, e agora
Porque não choro, ele chora.

É um som abstracto e fundo.
Vem do fim vago do mundo.
Seu sentido é ser profundo.

Diz-me que nada há em tudo.
Que a virtude não é escudo
E que o melhor é ser mudo.

Sopra o vento, sopra o vento,
Sopra alto o vento lá fora;
Mas também meu pensamento
Tem um vento que o devora.

Há uma íntima intenção
Que tumultua em meu ser
E faz do meu coração
O que um vento quer varrer;

Não sei se há ramos deitados
Abaixo no temporal,
Se pés do chão levantados
Num sopro onde tudo é igual.

Dos ramos que ali caíram
Sei só que há mágoas e dores
Destinadas a não ser
Mais que um desfolhar de flores.

Vai lá longe, na floresta,
Um som de sons a passar,
Como de gnomos em festa
Que não consegue durar...

É um som vago e distinto.
Parece que entre o arvoredo
Quando seu rumor é extinto
Nasce outro som em segredo.

Ilusão ou circunstância?
Nada? Quanto atesta, e o que há
Num som, é só distância
Ou o que nunca haverá.

Pálida, a Lua permanece
No céu que o Sol vai invadir.
Ah, nada interessante esquece.
Saber, pensar — tudo é existir.

Mas pudesse o meu coração
Saber à tona do que eu sou
Que existe sempre a sensação
Ainda quando ela acabou...

Dorme, criança, dorme,
Dorme que eu velarei;
A vida é vaga e informe,
O que não há é rei.
Dorme, criança, dorme,
Que também dormirei.

Bem sei que há grandes sombras
Sobre áleas de esquecer,
Que há passos sobre alfombras
De quem não quer viver;
Mas deixa tudo às sombras,
Vive de não querer.

Verdadeiramente
Nada em mim sinto.
Há uma desolação
Em quanto eu sinto.
Se vivo, parece que minto.
Não sei do coração.

Outrora, outrora
Fui feliz, embora
Só hoje saiba que o fui.
E este que fui e sou,
Margens, tudo passou
Porque flui.

O que é vida e o que é morte
Ninguém sabe ou saberá
Aqui onde a vida e a sorte
Movem as cousas que há.

Mas, seja o que for o enigma
De haver qualquer cousa aqui,
Terá de mim próprio o estigma
Da sombra em que eu o vivi.

Sabes quem sou? Eu não sei.
Outrora, onde o nada foi,
Fui o vassalo e o rei.
É dupla a dor que me dói.
Duas dores eu passei.

Fui tudo que pode haver.
Ninguém me quis esmolar;
E entre o pensar e o ser
Senti a vida passar
Como um rio sem correr.

Tenho escrito muitos versos,
Muitas cousas a rimar,
Dadas em ritmos diversos
Ao mundo e ao seu olvidar.

Nada sou, ou fui de tudo.
Quanto escrevi ou pensei
É como o filho de um mudo —
«Amanhã eu te direi».

E isto só por gesto e esgar,
Feito de nadas em dedos
Como uma luz ao passar
Por onde havia arvoredos.

Renego, lápis partido,
Tudo quanto desejei.
E nem sonhei ser servido
Para onde nunca irei.

Pajem metido em farrapos
Da glória que outros tiveram,
Poderei amar os trapos
Por ser tudo que me deram.

E irei, príncipe mendigo,
Colher, com a boa gente,
Entre o ondular do trigo
A papoila inteligente.

Se eu me sentir sono,
E quiser dormir,
Naquele abandono
Que é o não sentir,

Quero que aconteça
Quando eu estiver
Pousando a cabeça,
Não num chão qualquer,

Mas onde sob ramos
Uma árvore faz
A sombra em que bebamos,
A sombra da paz.

Flui, indeciso na bruma,
Mais do que a bruma indeciso,
Um ser que é coisa a achar
E a quem nada é preciso.

Quer sòmente consistir
No nada que o cerca ao ser,
Um começo de existir
Que acabou antes de o ter.

É o sentido que existe
Na aragem que mal se sente
E cuja essência consiste
Em passar incertamente.

Nesta grande oscilação
Entre crer e mal descrer
Transtorna-se o coração
Cheio de nada saber;

E, alheado do que sabe
Por não saber o que é,
Só um instante lhe cabe,
Que é o conhecer a fé —

A fé, que os astros conhecem
Porque é a aranha que está
Na teia, que todos tecem,
E é a vida que antes há.

Sonho sem fim nem fundo.
Durmo, fruste e infecundo.
Deus dorme, e é isso o mundo.

Mas se eu dormir também
Um sono qual Deus tem
Talvez eu sonhe o Bem —

O Bem do Mal que existo.
Esse sonho, que avisto,
Em mim chamo-lhe o Cristo.

Agora o seu ser ausente,
Surge o que há de presente
Na ausência, eternamente.

Não foi em cruz erguida
Num calvário da vida,
Mas numa cruz vivida

Que foi crucificado
O que foi, em seu lado,
Por lança golpeado.

E desse coração
Água e sangue virão,
Mas a verdade não...

Só quando já, descido
De aonde foi subido
Para ser escarnecido,

Seu corpo for baixar
Onde se há-de enterrar,
O haverei de encontrar.

Desde que o mundo foi
No mundo à alma dói
O que ao mundo destrói.

Desde que a vida dura
Tem a vida a amargura
De ser mortal e impura.

E assim na Cruz se fez
A vida, para que a nós
Veja o melhor de nós.

O túmulo fechado
Aberto foi achado
E vazio encontrado.

Meu coração também
É o túmulo do Bem,
Que a vida bem não tem.

Mas há um anjo a me ver
E a meu lado a dizer
Que tudo é outro ser.

Eram varões todos,
Andavam na floresta
Sem motivo e sem modos
E a razão era esta.

E andando iam cantando
O que não pude ser,
Nesse tom mole e brando
Como um anoitecer.

Em querer cantar quanto
Não há nem é e dói
E que tem disso o encanto
De tudo quanto foi.

Não digas nada! Que hás-me de dizer?
Que a vida é inútil, que o prazer é falso?
Di-lo de cada dia o cadafalso
Ao que ali cada dia vai morrer.
Mais vale não querer.

Sim, não querer, porque querer é um ponto,
Ponto no horizonte de onde estamos,
E que nunca atinges nem achas,
Presos locais da vida e do horizonte
Sem asas e sem ponte.

Não digas nada, que dizer é nada!
Que importa a vida, e o que se faz na vida?
É tudo uma ignorância diluída.
Tudo é esperar à beira de uma estrada
A vinda sempre adiada.

Outros são os caminhos e as razões.
Outra a vontade que os fará seus.
Outros os montes e os solenes céus.

Do fundo do fim do mundo
Vieram me perguntar
Qual era o anseio fundo
Que me fazia chorar.

E eu disse: «É esse que os poetas
Têm tentado dizer
Em obras sempre incompletas
Em que puseram seu ser.»

E assim com um gesto nobre
Respondi a quem não sei
Se me houve por rico ou pobre.

Tenho em mim como uma bruma
Que nada é nem contém
A saudade de cousa nenhuma,
O desejo de qualquer bem.

Sou envolvido por ela
Como por um nevoeiro
E vejo luzir a última estrela
Por cima da ponta do meu cinzeiro.

Fumei a vida. Que incerto
Tudo quanto vi ou li!
E todo o mundo é um grande livro aberto
Que em ignorada língua me sorri.

CANTO A LEOPARDI

Ah, mas da voz exâmine pranteia
O coração aflito respondendo:
«Se é falsa a ideia, quem me deu a ideia?
Se não há nem bondade nem justiça
Porque é que anseia o coração na liça
Os seus inúteis mitos defendendo?

Se é falso crer num deus ou num destino
Que saiba o que é o coração humano,
Porque há o humano coração e o tino
Que tem do bem e o mal? Ah, se é insano
Querer justiça, porque na justiça
Querer o bem, para que o bem querer?
Que maldade, que, que injustiça
Nos fez pra crer, se não devemos crer?

Se o dúbio e incerto mundo,
Se a vida transitória
Têm noutra parte o íntimo e profundo
Sentido, e o quadro último da história,
Porque há um mundo transitório e incerto
Onde ando por incerteza e transição,
Hoje um mal, uma dor, e, aberto
Um só dorido coração?»

Assim, na noite abstracta da Razão,
Inùtilmente, majestosamente,
Dialoga consigo o coração,
Fala alto a si mesma a mente;
E não há paz nem conclusão,
Tudo é como se fora inexistente.

Teu perfil, teu olhar real ou feito,
Lembra-me aquela eterna ocasião
Em que eu amei Semíramis, eleito
Daquela plácida visão.

Amei-a, é claro, sem que o tempo e espaço
Tivesse nada com o meu amor.
Por isso guardo desse amor escasso
O meu amor maior.

Mas, ao olhar-te, lembro, e reverbera
Quem fui em quem eu sou.
Quando eu amei Semíramis, já era
Tarde no Fado, e o amor passou.

Quanta perdida voz cantou também
Nos séculos perdidos que hoje são
Uma memória irreal do coração!
Quanta voz viva, hoje de ninguém!

Como é por dentro outra pessoa
Quem é que o saberá sonhar?
A alma de outrem é outro universo
Com que não há comunicação possível,
Com que não há verdadeiro entendimento.

Nada sabemos da alma
Senão da nossa;
As dos outros são olhares,
São gestos, são palavras,
Com a suposição de qualquer semelhança
No fundo.

A lâmpada nova
No fim de apagar
Volta a dar a prova
De estar a brilhar.

Assim a alma sua
Deveras desperta
Quando a noite é nua
E se acha deserta.

Vestígio que ergueu
Sem ser no lugar
De onde se perdeu...
Nasce devagar!

Vaga saudade, tanto
Dóis como a outra que é
A saudade de quanto
Existiu aqui ao pé.

Tu, que és do que nunca houve,
Punges como o passado
A que existir não aprouve.

Onde quer que o arado o seu traço consiga
E onde a fonte, correndo, com a sua água siga
O caminho que, justo, as calhas lhe darão,
Aí, porque há a paz, está meu coração.
Bem sei que o som do mar vem de além dos outeiros
E que do seu bom som os ímpetos primeiros
Turvam de ser diverso o natural da hora,
Quando o campo a não ouve e a solidão a ignora.
Mas qualquer cousa falsa desce e se insinua
Nos anos que são vestígios sob a Lua.

O sol que doura as neves afastadas
No inútil cume de altos montes quedos
Faz no vale luzir rios e estradas
E torna as verdes árvores brinquedos...

Tudo é pequeno, salvo o cume frio,
De onde quem pensa que do alto não vê
Vê tudo mínimo, num desvario
De quem da altura olhe quanto é.

Ah, quero as relvas e as crianças!
Quero o coreto com a banda!
Quero os brinquedos e as danças —
A corda com que a alma anda.

Quero ver todas brincar
Num jardim onde se passa,
Para ver se posso achar
Onde está minha desgraça.

Ah, mas minha desgraça está
Em eu poder querer isto —
Poder desejar o que há.

Deixem-me o sono! Sei que é já manhã.
Mas se tão tarde o sono veio,
Quero, desperto, inda sentir a vã
Sensação do seu vago enleio.

Quero, desperto, não me recusar
A estar dormindo ainda,
E, entre a noção irreal de aqui estar,
Ver essa noção finda.

Quero que me não neguem quem não sou
Nem que, debruçado eu
Da varanda por sobre onde não estou,
Nem sequer veja o céu.

Deixei atrás os erros do que fui,
Deixei atrás os erros do que quis
E que não pude haver porque a hora flui
E ninguém é exacto nem feliz.

Tudo isso como o lixo da viagem
Deixei nas circunstâncias do caminho,
No episódio que fui e na paragem,
No desvio que foi cada vizinho.

Deixei tudo isso, como quem se tapa
Por viajar com uma capa sua,
E a certa altura se desfaz da capa
E atira com a capa para a rua.

Não digas nada!
Não, nem a verdade!
Há tanta suavidade
Em nada se dizer
E tudo se entender —
Tudo metade
De sentir e de ver...
Não digas nada!
Deixa esquecer.

Talvez que amanhã
Em outra paisagem
Digas que foi vã
Toda esta viagem
Até onde quis
Ser quem me agrada...
Mas ali fui feliz...
Não digas nada.

Ah, verdadeiramente a deusa! —
A que ninguém viu sem amar
E que já o coração endeusa
Só com sòmente a adivinhar.

Por fim magnânima aparece
Naquela perfeição que é
Uma estátua que a vida aquece
E faz da mesma vida fé.

Ah, verdadeiramente aquela
Com que no túmulo do mundo
O morto sonha, como a estrela
Que há-de surgir no céu profundo.

Teu inútil dever
Quanta obra faça cobrirá a terra
Como ao que a fez, nem haverá de ti
Mais que a breve memória.

Começa, no ar da antemanhã.
A haver o que vai ser o dia.
É uma sombra entre as sombras vã.
Mais tarde, quanto é a manhã
Agora é nada, noite fria.

É nada, mas é diferente
Da sombra em que a noite está:
E há nela já a nostalgia
Não do passado, mas do dia
Que é afinal o que será.

A montanha por achar
Há-de ter, quando a encontrar,
Um templo aberto na pedra
Da encosta onde nada medra.

O santuário que tiver,
Quando o encontrar, há-de ser
Na montanha procurada
E na gruta ali achada.

A verdade, se ela existe,
Ver-se-á que só consiste
Na procura da verdade,
Porque a vida é só metade.

A ciência, a ciência, a ciência...
Ah, como tudo é nulo e vão!
A pobreza da inteligência
Ante a riqueza da emoção!

Aquela mulher que trabalha
Como uma santa em sacrifício,
Com quanto esforço dado ralha!
Contra o pensar, que é o meu vício!

A ciência! Como é pobre e nada!
Rico é o que alma dá e tem.

A criança que ri na rua,
A música que vem no acaso,
A tela absurda, a estátua nua,
A bondade que não tem prazo —

Tudo isso excede este rigor
Que o raciocínio dá a tudo,
E tem qualquer cousa de amor,
Ainda que o amor seja mudo.

Sim, já sei...
Há uma lei
Que manda que no sentir
Haja um seguir
Uma certa estrada
Que leva a nada.

Bem sei. É aquela
Que dizem bela
E definida
Os que na vida
Não querem nada
De qualquer estrada,

Vou no caminho
Que é meu vizinho
Porque não sou
Quem aqui estou.

Era isso mesmo —
O que tu dizias,
E já nem falo
Do que tu fazias...

Era isso mesmo...
Eras outra já,
Eras má deveras,
A quem chamei má...

Eu não era o mesmo
Para ti, bem sei.
Eu não mudaria,
Não — nem mudarei...

Julgas que outro é outro.
Não: somos iguais.

O som contínuo da chuva
A se ouvir lá fora bem
Deixa-nos a alma viúva
Daquilo que já não tem.

Na véspera de nada
Ninguém me visitou.
Olhei atento a estrada
Durante todo o dia
Mas ninguém vinha ou via,
Ninguém aqui chegou.

Mas talvez não chegar
Queira dizer que há
Outra estrada que achar,
Certa estrada que está,
Como quando da festa
Se esquece quem lá está.

Sob olhos que não olham — os meus olhos —
Passa o ribeiro, que nem sei se é
Rápido no lento passar incerto ao pé
Dos invisíveis espinhos e abrolhos
Da margem, minha estagnação sem fé.

É como um viandante que passasse
Por um muro de quinta abandonada
E, por não ter que olhá-lo, por ser nada
Para o seu interesse, o não olhasse,
Fiel sòmente ao nada sem a estrada.

Não tenho que sonhar que possam dar-me
Um dia, vero ou falso, as rosas vãs
Entre que em sonhos mortos fui achar-me
No alvorecer de incógnitas manhãs.
Não tenho que sonhar o que renego
Antes do sonho e o recusar a ter,
Sou no que sou como na vida é um cego
A quem causou horror o poder ver.
Isto, ou quase isto... Só do sonho morto
Me fica uma imprecisa hesitação —
Como se a nau (?)

Exígua lâmpada tranquila,
Quem te alumia e me dá luz,
Entre quem és e eu sou oscila.

Na paz da noite, cheia de tanto durar,
Dos livros que li,
Que os li a sonhar, a mal meditar,
Nem vendo que os vi,
Ergo a cabeça estonteada
Do lido e do vão
Do ler e vazio que há e fiz por noite acabada —
Não no meu coração.

Criança, era outro...
Naquele em que me tornei
Cresci e esqueci.
Tenho de meu, agora, um silêncio, uma lei.
Ganhei ou perdi?

Onde, em jardins exaustos
Nada já tenha fim,
Forma teus fúteis faustos
De tédio e de cetim.
Meus sonhos são exaustos,
Dorme comigo e em mim.

SÁ CARNEIRO

Nesse número do Orpheu que há-de ser feito
Com rosas e estrelas em um mundo novo.

Nunca supus que isto que chamam morte
Tivesse qualquer espécie de sentido...
Cada um de nós, aqui aparecido,
Onde manda a lei certa e a falsa sorte,

Tem só uma demora de passagem
Entre um comboio e outro, entroncamento
Chamado o mundo, ou a vida, ou o momento;
Mas, seja como for, segue a viagem.

Passei, embora num comboio expresso
Seguisses, e adiante do em que vou;
No términus de tudo, ao fim lá estou
Nessa ida que afinal é um regresso.

Porque na enorme gare onde Deus manda
Grandes acolhimentos se darão
Para cada prolixo coração
Que com seu próprio ser vive em demanda.

Hoje, falho de ti, sou dois a sós.
Há almas pares, as que conheceram
Onde os seres são almas.

Como éramos só um, falando! Nós
Éramos como um diálogo numa alma.

Não sei se dormes calma,
Sei que, falho de ti, estou um a sós.

É como se esperasse eternamente
A tua vida certa e conhecida
Aí em baixo, no Café Arcada —
Quase no extremo deste (?)

Aí onde escreveste aqueles versos
Do trapézio, doriu-nos (?)
Aquilo tudo que dizes no «Orpheu».

Ah, meu maior amigo, nunca mais
Na paisagem sepulta desta vida
Encontrarei uma alma tão querida
Às coisas que em meu ser são as reais.

Não mais, não mais, e desde que saíste
Desta prisão fechada que é o mundo,
Meu coração é inerte e infecundo
E o que sou é um sonho que está triste.

Porque há em nós, por mais que consigamos
Ser nós mesmos a sós sem nostalgia,
Um desejo de termos companhia —
O amigo como esse que a falar amamos.

Música... Que sei eu de mim?
Que sei eu de haver ser ou estar?
Música... sei só que sem fim
Quero saber só de sonhar...

Música... Bem no que faz mal
À alma entregar-se a nada...
Mas quero ser animal
Da insuficiência enganada.

Música... Se eu pudesse ter,
Não o que penso ou desejo,
Mas o que não pude haver
E que até nem em sonhos vejo,

Se também eu pudesse fruir
Entre as algemas de aqui estar!
Não faz mal. Flui,
Para que eu deixe de pensar!

A mão posta sobre a mesa,
A mão abstracta, esquecida,
Margem da minha vida...
A mão que pus sobre a mesa
Para mim mesmo é surpresa.
Porque a mão é o que temos
Ou define quem não somos.
Com ela aquilo fazemos
(?)

Tudo quanto penso,
Tudo quanto sou
É um deserto imenso
Onde nem eu estou.

Extensão parada
Sem nada a estar ali,
Areia peneirada
Vou dar-lhe a ferroada
Da vida que vivi.

Um dia baço mas não frio...
Um dia como
Se não tivesse paciência pra ser dia,
E só num assomo,
Num ímpeto vazio
De dever, mas com ironia.
Se desse luz a um dia enfim
Igual a mim,
Ou então
Ao meu coração,
Um coração vazio,
Não de emoção
Mas de buscar, enfim —
Um coração baço mas não frio.

O amor é que é essencial.
O sexo é só um acidente.
Pode ser igual
Ou diferente.
O homem não é um animal:
É uma carne inteligente,
Embora às vezes doente.

A presente edição de POESIAS INÉDITAS de Fernando Pessoa é o Volume de número 39 da Coleção Excelsior. Capa Cláudio Martins. Impresso na Líthera Maciel Editora e Gráfica Ltda., à rua Simão Antônio 1.070 - Contagem, para a Editora Itatiaia, à Rua São Geraldo, 67 - Belo Horizonte - MG. No catálogo geral leva o número 01114/4B. ISBN. 85-319-0732-2.